張曼娟
·成語學堂II·

完美特務

張曼娟——策劃
張維中——撰寫
九子——繪圖

十年一瞬間——學堂系列新版總序

張曼娟

常常在演講的時候，遇見一些年輕的讀者，他們從容自在的聆聽，意會的頷首，耐心等待著我為他們的書簽名，而後，像是要傾訴一個祕密那樣的靠近我，微笑著對我說：「曼娟老師，我是讀著【○○學堂】長大的。」【奇幻學堂】、【成語學堂】或是【唐詩學堂】就這樣被說出來，說的時候，帶著對於童年與成長的溫柔依戀。

啊！這一批孩子們已經長大了啊，他們看起來，都是很好的成年人了。也許不是念文學相關科系的，可是，他們一直保持著對於文字的敏感度，對於人情世故的理解。

「老師什麼時候要為我們這些小孩子寫書呢？」到現在，我依然能聽見最

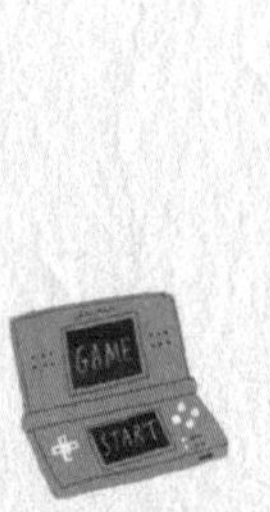

初提出這個請求的那個女孩，對我說話的聲音。

而我確實是呼應了她的願望，開始創作並企劃一個又一個學堂系列。以【奇幻學堂】為起點，我和幾位優秀的創作者：張維中、孫梓評、高培耘與黃羿瓅反覆的開會討論著，除了將古代經典的寶庫傳承給孩子，更想與他們一同走在成長的路上，不管是喜悅或失落；不管是相聚與離別，都是生命的課題，都那麼貴重，應該要被了解著、陪伴著，成為孩子心靈中恆常的暖色調。

這樣的發想和作品，獲得了許多家長、老師的認同，更令我們感到欣喜莫名的是，孩子們的真心喜愛。於是，接著而來的【成語學堂Ⅰ】、【成語學堂Ⅱ】和【唐詩學堂】也都獲得了熱烈回響。

十年之後，那個最初提議的女孩，化成許多個大孩子與小孩子，來到我的面前，與我微笑相認。讓我們知道，當初不只是古典新詮，更是探討孩子成長中各種情境的系列作品，有著這樣深刻的意義。

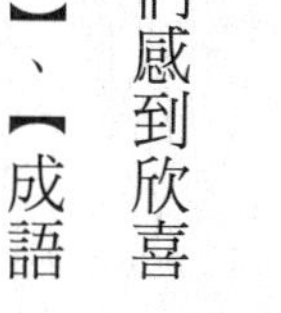

也是在演講的時候，常有家長詢問：「我的孩子考數學，演算題全對，但是一到應用題就完蛋了，他根本看不懂題目呀。到底該怎麼辦？」這是發生在許多成績優秀的孩子身上的悲劇。

「中文力」不僅能提升國語文程度，而是提升一切學科的基礎，這已經是陳腔濫調了。中文力，不僅是閱讀力，還有理解力與表達力。能不能看懂考題，在考試時拿高分，固然重要。然而，更大的隱憂卻是，應付考試，得到高分的歲月，只占了短短幾年，孩子們未來長長的人生，假若沒有足夠的理解與表達能力，他們將如何面對社會激烈的競爭？如何與他人建立良好的人際關係？這樣的擔憂與期望，才是我們十年來投入許多心血與時間，為孩子創作的初衷。

我們感知到孩子無邊無際的想像力，在成長中不斷消失，於是創作了【奇幻學堂】；察覺到孩子對成語的無感，只是機械式的運用，於是創作了【成語學堂】；發現到孩子對於美感和情感的領受，變得浮誇而淺薄，於是

創作了【唐詩學堂】。

十年，彷彿只在一瞬之間，許多孩子長大了，許多孩子正在成長，我們仍在創作的路上，以珍愛的心情，成為孩子最知心的陪伴。

目次

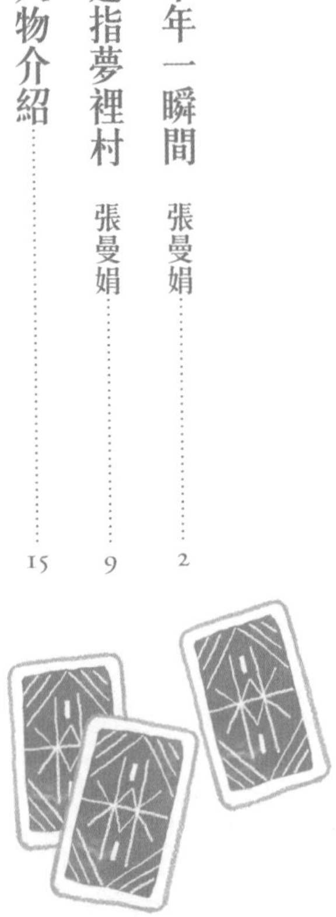

GAME
START

序

創作緣起

遙指夢裡村

張曼娟

《美女與野獸》的故事，並不是我聽來的，也不是讀來的，而是一張圖一張圖拼起來的。那年我約莫七、八歲，剛從午覺中醒來，卻還沒獲得起床許可的時光裡，常常，我和弟弟躺在父母親的大床上，翻閱著母親從教會領回來的、國外捐贈的書籍雜誌，打發時間。

有一本彩圖鮮亮飽滿的圖文書，上面的文字既不是中文，也不是英文（可能是德文或法文），其中的彩圖完全魅惑住我。一個父親與三個女兒，住在一幢簡陋的房子裡，父親背著包袱要出門了，他和三個女兒話別，最小的女兒親吻了他。接著便是回程時，父親遇見的風雨交加；一座陰森而華麗的古堡；滿桌豐盛的食物；花園裡開滿各種顏色的玫瑰花；父親伸手採下一朵鮮豔的玫瑰，剎時，天黑了，閃電打雷，一個可怕的怪獸出現，玫瑰驚恐的墜落在地上。

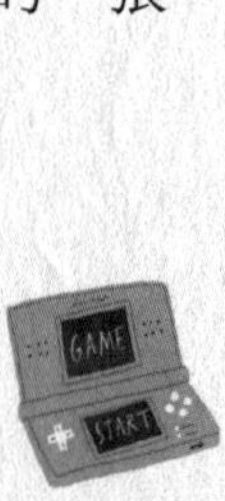

啊！我和弟弟一齊叫出聲，鑽進被子裡，又笑又叫。

故事書是國外捐贈來的，故事是自己拼出來的，但，那種樂趣是無可取代的。我們有自己的版本，關於野獸大變身的故事，或是偷取玫瑰的愛情故事，在半夢半醒之間，沒有電玩也沒有電視的歲月裡，一本無法閱讀的故事書，給了我們一座如夢似幻的村莊，成為我們最瘋狂的遊樂場。

如果真的有一個叫做「夢裡村」的地方，會讓我們的夢想實現嗎？會牽引著不可能的相逢嗎？會看見通往未來的階梯嗎？夢裡村的居民，應該就是一個又一個既年輕又古老的故事吧。

繼【張曼娟奇幻學堂】與【張曼娟成語學堂Ⅰ】之後，我們再度敲開了夢裡村的大門，仍然是很會說故事的四位創作好手，將成語典故與嶄新的故事結合，推出了【張曼娟成語學堂Ⅱ】。

高培耘在第一本成語故事中寫的是《尋獸記》，這次，她可真的要帶我們去尋獸了呢，一個叫小光的小男孩，遺失了他最好的朋友，一隻叫做「嘟嘟」的白狗。他想盡一切辦法要把狗狗找回來，卻一再落空。在這個世界上，很多東西

失去了，是不是就永遠找不回來了？像是他的胖嘟嘟；像是他最愛的外婆的記憶力，彷彿都找不回來了。但，總有一些什麼，是永遠不會失去的吧？在培耘的《胖嘟嘟》裡，這是小光的功課，也是我們的追尋。

張維中在第一本成語故事中寫的是《野蠻遊戲》，十分驚險刺激，這本新書《完美特務》，又是怎樣的一場特別任務呢？三個性格不同的好朋友，成天抱怨著「無聊啊，真無聊！」現實生活中必須做自己不想做的事，不是補習，就是學才藝，如果可以生活在電動玩具的世界裡，應該再也不會無聊了吧？他們的夢想成真了，嚴苛的考驗接踵而來，原來，電玩的世界比真實世界更加冷酷無情，必須要同心協力，才能闖關成功。而他們的最終目的只有一個，重返再也「不無聊」的真實世界。

黃羿瓅在第一本成語故事中寫的是《我是光芒！》，描述校園中可能產生的各種社交與人際關係，這一次則是一個跨海尋親的故事。生長在美國、叫做山米的少年，帶著他的身世之謎，來到臺灣，與一群並無血緣關係的人生活在一起，而他們似乎是他尋親的唯一線索。連那隻叫做浪花的小狗，也成了山米的

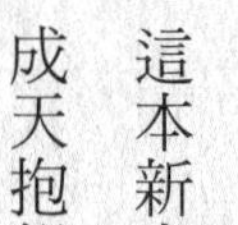

好哥兒們。《山米和浪花的夏天》，一個不長不短的夏天，河與海交界的淡水小鎮，聆聽著潮汐的聲音，山米能找到他的生身父母嗎？或者他還能得到更多更多，超乎想像？

孫梓評在第一本成語故事中寫的是《爺爺泡的茶》，一曲溫馨又感傷的離別賦。告別，也是這本新書《星星壞掉了》的重要主題，卻是很難面對的事。國中生小傑有溫暖的家庭，有和諧的校園生活，還有繪畫的天賦，只是沒人發覺他內心的那個傷口，多年前的某個夜晚，滿天星星都壞掉了，一點也不會發光。那場大地震，幼年的小傑無法與爸爸告別，什麼也不能挽回。當媽媽準備再婚時，那如琉璃易脆，又如海洋深邃的少年的心靈坍塌了，他必須啟程，一場命定的告別之旅。

依然是讀著故事學成語，而我們還想跟孩子分享更多，怎麼與寵物建立獨特的情感，還要學會分離？如何體貼老人家的心情，當他們的記憶一點一點失去？所謂的完美其實並不存在，不管在真實或虛擬的世界中，如果不能互助合作，怎麼能夠挑戰未來？成長不一定得失去對人的熱情與付出，當你主動伸出臂膀，不就有機會擁抱世界？每個人的心中都有傷口，有的人選擇流淚，有的人卻選擇微笑，你會怎麼選擇呢？

四位創作者都真誠的寫出了他們珍愛的故事，而我只是個牧童似的指路人，想要溫暖的安慰；想要成長的啟示；想要落淚的感動；想要歡笑的趣味——借問故事何處有？牧童遙指夢裡村。

謹序於二〇〇九年白露之前　臺北城

人物介紹

【完美三人組】

大牛

性格溫暖、給人安全感，對朋友很講義氣的男生。不過，總認為自己是個只會念書，卻不懂打扮的書呆子，對外型帥氣的阿霖因此常有複雜的情緒。國文造詣十分高超，是三個人當中的小老師。

阿霖

夢想在未來成為一個「名模」，因此積極參與任何有關選秀活動的比賽，目標是在國中的年紀便能進入演藝圈或站上模特兒伸展臺。喜好一切美的事物，注重形象，卻因此常不經意的以外表評斷他人，有著先入為主的缺點。

小茜

思考冷靜，條理分明，常被人稱讚是個與眾不同的女生。她認為所謂的「與眾不同」只是安慰她的說法，因為她的脣顎裂，小茜和這世界的溝通選擇了靜音模式。只有在大牛和阿霖面前，才能表現出真實的情緒和感受。

【特務強敵手】

時鐘怪客

一個長了手腳的時鐘，帶領大牛、阿霖和小茜，走進什麼都慢半拍的「慢慢島」國度。

鱷魚老婆婆

鱷魚化身的老婆婆，頭髮凌亂，蓋住了一半的臉。而臉上也髒兮兮的，好像很久沒清洗似的。生存目標是要讓全世界都慢半拍。

偶像國狐狸精

痛恨一輩子當平凡人，因此假扮成幾可亂真的白雪公主、哆啦A夢，以及巨人，滿足受人崇拜的心。他強烈主張世界該定期清除過度完美的人，否則，從小被取笑笨、長得醜又沒有人緣的傢伙，就永遠不得翻身了。

圓規精

一只壞掉的圓規修煉成精，卻永遠畫不出完美的圓形。因此，他害怕圓形，害怕圓滿，更害怕比他有自信的人。他要把這個世界裡所有的圓形都變不見，同時吸取所有人的自信，藉以壯大自己的懦弱性格。

爆炸少年

完美特務世界裡，一切挑戰關卡的幕後策劃者。不讓大牛、阿霖和小茜回到現實世界，引誘他們留在虛幻國度裡成為夥伴，一起研發有趣的任務，吸引現實生活中，常抱怨無聊，漫無目標的小朋友們，也踏進這個虛幻世界。

第一章

決定

對牛彈琴

跟不懂道理的人講道理，完全是白費工夫。

每個人都望著同一個方向。

什麼話也沒說，大家各自坐在自己的位子上，就這麼望著牆上的同一個地方，已經過了將近一個小時。

「真的還不行嗎？」

終於，我打破了沉默。

這句話說完以後，整個空間又陷入寂靜，令我懷疑其實剛剛沒有開口，一切只是因為過度炎熱而產生的幻覺。

「還不到。」

不久，老爸終於說話，然後又是一片安靜。他氣定神閒的，繼續翻著他的

報紙，讓我又以為是自己的幻聽。

牆上的溫度計顯示著攝氏三十二度。老爸說，地球暖化人人有責，所以，為了環保，縱使夏天很熱，但是不到三十三度就不能開冷氣。

「只差一度，真的不行嗎？」我又開口。

「如果連這點堅持都做不到，以後做什麼事情都準確不了。」老爸教訓我，接著，他把報紙收一收，說：「你們幫忙看店吧，我去睡個午覺。」

「老爸不是說吃飽飯的一小時內最好不要立刻睡覺嗎？會對身體不好。現在還差十分鐘。」我說。

老爸抬頭看了看牆上的時鐘，淡淡撂下一句：「六十分跟五十分，差不多。小孩子不要學得那麼斤斤計較！」

我整個傻眼，看著老爸的背影，一句話也說不出來。

我繼續一邊看書，一邊吃冰棒。坐在我身旁的阿霖，也繼續打著他的遊戲機。除了老爸消失以外，一切都沒什麼改變。

阿霖從小學四年級就跟我同班，直到我們六年級。他的夢想是成為一個「名模」，巧的是他的名字叫做林致霖，跟電視上那個名模林志玲的名字發音一樣。所以，他積極參與任何有關選秀活動的比賽，目標是到了國中就從演藝圈或模特兒圈出道。

不幸的是，這世界上相信他真的會成功的只有兩個人，一個是他自己，一個就是我。也許是這個原因，阿霖把我看成他的好朋友。否則，我們的價值觀差得那麼遠，他又是那麼注重外表的人，不可能跟我這個不懂得穿著打扮的土包子交朋友的。

「大牛，我覺得啊，你們的雜貨店應該改個名字。」阿霖突然開口。

「改成什麼？」我問他。

「鼎泰豐。」

「幹麼改成小籠包店的名字？」

「是頂太瘋。」阿霖拿了紙筆，寫給我看。

「你不覺得我們兩個現在坐在這裡，跟蒸籠裡的小籠包沒什麼兩樣嗎？頭頂一直冒汗，久了一定會瘋掉的，所以是頂太瘋。難道不能再說服你老爸嗎？為

什麼那麼堅持三十三度才能開冷氣？」

「沒用啦。對他講那麼多，簡直是對牛彈琴。」

「對牛彈琴？」

「從前有個叫做公明儀的人，曾經對著牛彈琴，可是牛當然聽不懂人類的音樂，只顧著繼續低頭吃草。後來，這句成語就用來比喻跟不懂道理的人講道理，完全是白費工夫的意思。」

「我還以為是因為你們姓牛的關係。」

有些人雖然才國小六年級，但是就充滿了帥的未來性，阿霖就是這種男生。遺憾的是，他的頭腦並沒有跟他的外表成正比。

話題回到堅持三十三度才能開冷氣的老爸。

為什麼是三十三度呢？問老爸，他始終不願意說，只不斷重複：「反正是環保就對了！」但我查遍網路，沒有任何人說過，三十三度這個數字，與開冷氣或環保有關。

口口聲聲說環保，講得倒是好聽，我知道老爸根本只是為了省錢而已。

就像這間破舊的雜貨店，好幾次都有人來遊說，希望可以協助我們改建，加盟成現代化的連鎖超商，但老爸屈指算了算，只要一動就會花上不少錢，便寧願維持現在這個老樣子。

現在誰要來這種雜貨店買東西呢？室內沒有動線可言，東西也陳列得毫無章法，最重要的是，竟然沒有冷氣。在這麼炎熱的季節裡，進來這種雜貨店買東西，恐怕連選一罐飲料的耐性都沒有。

「還有一個小時，我又要去補英文了。真羨慕你，不用去補習。」阿霖無奈的說。

「我想跟你們一起去補習啊，晚上一個人在房間裡，超無聊的耶！可是，我那對牛彈琴的老爸卻說，想學英文，上網看英文新聞就好。我看也只是因為想省錢吧。」

「算了，你沒去也好。因為一堆無聊的人塞在補習班裡，是加倍的無聊。」

「唉，總而言之就是……」我把最後一口冰塞進嘴巴裡。

「很、無、聊。」

我跟阿霖異口同聲的說了同樣的話。兩個人相視而笑。

炎熱暑假的某個午後，無所事事的我和阿霖待在我家的雜貨店裡。在距離他要去補習之前還有一個小時，繼續蒸著我們扮演的兩枚小籠包。

對牛彈琴

【成語的由來】

《弘明集・卷一・漢・牟融・理惑論》

問曰：「子云：『佛經如江海，其文如錦繡。』何不以佛經答吾問，而復引《詩》《書》合異為同乎？」牟子曰：「渴者不必須江海而飲，飢者不必待廒倉而飽。道為智者設，辯為達者通，書為曉者傳，事為見者明。吾以子知其意，故引其事。若說佛經之語，談無為之要，譬對盲者說五色，為聾者奏五音也。師曠雖巧，不能彈無弦之琴。狐貉雖煴，不能熱無氣之人。公明儀為牛彈〈清角〉之操，伏食如故。非牛不

聞，不合其耳矣。轉為蚊虻之聲、孤犢之鳴，即掉尾、奮耳，蹀躞而聽。是以《詩》、《書》理子耳。」

【大牛愛解說】為牛彈琴，但牛依然低頭而食，聽而不聞。比喻講話、做事不看對象，後亦比喻對不懂道理的人講道理。

【小茜連連看】對牛鼓簧、對驢彈琴、語不擇人

【阿霖反過來】舉一反三、心領神會、頑石點頭

如魚得水

魚有了水，就能暢快優游了。

我一點也不喜歡放暑假。

班上的其他同學，不是去補習就是去上才藝班，只有我，想去才藝班和補習班卻去不成，每天只得遵從我老爸的期望，跟他顧著這間一整天裡能有三個客人上門，就要偷笑的傳統雜貨店。

要是真的只是顧店那也就算了，至少還能打打遊戲機或什麼都不做的發呆。但是，老爸會限制我打遊戲機的時間，還要求我顧店的同時也得看書。

所以我的暑假很漫長，我一點也不喜歡。

平常上課時，白天還能跟同學在學校裡嘻嘻哈哈的，一放假，只剩下我一個人。所幸，我還有時常會來雜貨店陪我的阿霖跟小茜。

小茜跟阿霖一樣，都是我的同班同學。我和阿霖會成為好朋友，已經是一件挺稀奇的事情了，但小茜竟然也會跟我們兩個男生湊在一起，更是怪奇，因為小茜很少跟班上其他同學打交道的。

小茜是個沉默不多話的女生，思考冷靜，條理分明，給人一種距離感。當然我知道她會跟人保持距離的原因。

因為她是個唇顎裂的女生。

雖然已經動過手術了，但還是可以明顯看得出來。小茜從來沒提過這件事，但我知道她心裡始終很介意。她認為只要她跟其他女生站在一起，就會成為焦點。她討厭這種受矚目的感覺。

所以我想，當小茜跟我和阿霖在一起時，是比較有安全感的。因為我除了考試以外，大部分時候都對外界反應慢半拍，而且本身就是個相當土氣的傢伙，當然不會在乎別人的外表。至於阿霖，他雖然愛美，但也不會在乎別人的外表，因為他只在意他自己。

這天下午，小茜抱著她的電子琴鍵盤來到雜貨店。

「待會要去上音樂課？」

我問小茜。她微笑，點點頭。

「你知道阿霖今天下午去哪裡嗎？我還以為他今天下午也會來這裡。」我問小茜。

「好像是去參加圍棋比賽了。」

小茜說話時，總是輕聲細語。第一次跟她對話時，我幾乎以為她在說唇語。

「圍棋？沒搞錯吧？阿霖是要走伸展臺的，怎麼會對下棋有興趣？」

「有電視臺會錄影轉播的。雖然只是地方電視臺。」

「原來如此。只要有鏡頭在，他做什麼都會如魚得水了。」

「這跟魚和水有什麼關係啊？」

「喔，如魚得水啊，在《三國志》裡，劉備為了一統天下，請來諸葛亮當軍師，但卻引起別人的不滿。最後，劉備向人解釋諸葛亮對於自己的重要性，他說啊，自己是條魚，諸葛亮是水，魚有了水，就能暢快優游了。」

聽完我的解釋以後，小茜笑了起來。

「你想啊，攝影機的鏡頭會一直固定照著下棋的人。阿霖只要想到自己一直被拍，原本不愛圍棋的，也會變得如魚得水了吧。」我說。

「大牛你在翻什麼書？」小茜換了話題。

「喔，很無聊，是一本法律書。我想研究一下十二歲的小孩被家人強迫顧店，而且不給付薪資，算不算非法童工。很無聊吧？」

說完，自己都笑出聲來了。

「那，我去上音樂課了。」小茜說。

「真好，上自己有興趣的才藝課，一定很好玩。」

「不，」小茜搖搖頭：「很無聊的。」

「咦？」

正當我納悶為什麼小茜會這麼說的時候，忽然間，聽到屋外傳來一句「好無聊啊！」的叫喊聲。緊接著，人，便出現了。是阿霖。

看到今天的阿霖，我跟小茜睜大了眼睛，說不出話來。

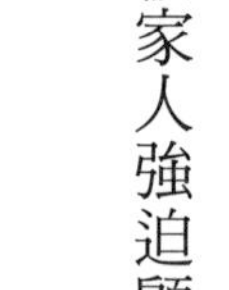

如魚得水

【成語的由來】《三國志‧卷三十五‧蜀書‧諸葛亮傳》
孤之有孔明，猶魚之有水也。

【大牛愛解說】像是魚在水中優游一般自在，比喻得到志同道合的人或處在適合於自己發展的環境，能夠發揮所長。

【小茜連連看】如虎添翼、志同道合、意氣相投

【阿霖反過來】寸步難行、龍困淺灘、格格不入

一瀉千里

難道是比喻吃壞肚子上廁所的意思嗎？

參加完圍棋比賽後的阿霖出現在雜貨店裡時，我們被他的打扮給嚇了一大跳。

「你的頭髮怎麼了？」我問他。

阿霖的頭髮像是被雷打到似的，捲曲成一塊。喔，不，我覺得更精準的說法，應該像是一塊做壞的蛋糕，恰恰好掉到他的頭上。

「我想說既然有電視轉播，就該有特別的打扮啊，才能成為焦點，說不定有什麼星探就因此看見了我。所以，我偷用了我老姊的捲髮器，早上出門前燙了一下頭髮。」

「結果呢？」小茜忍住笑問。

「結果，我等了好久，終於等到我上場時，電視轉播已經結束。因為他們只取最前面幾組的畫面而已。害我呆坐了那麼久，白費力氣，無聊死了！」

見阿霖一副失望的表情，又看見他滑稽的樣貌，我想笑又不敢笑，只好保持沉默。

「你們那麼安靜幹什麼？好歹替我抱屈一下啊。」阿霖說。

我真不知道該說什麼，忽然間，琴聲在我們之間冒了出來。是小茜，拿出了她的鍵盤，開始彈起來。

小茜在我們面前，已經算是相當多話了。她在家裡也不太跟家人說話，經常把自己關在房間裡彈琴。她的琴聲裡，總有她想說的話。

「聽小茜彈琴，真有一瀉千里的暢快感。」

「你怎麼那麼沒水準？」阿霖指責我。

「怎麼了？」我一臉納悶。

「一瀉千里……應該是吃壞了肚子才會……那個……」阿霖做出一個忍不住的表情。

小茜突然彈錯了音。

「拜託，你才沒水準。一瀉千里的意思，是比喻技巧純熟，非常流暢，就像是黃河長江的大水，浩浩蕩蕩的奔流到千里之外。」我瞪了阿霖一眼。

「喔……」阿霖想現學現賣：「我希望我的口才，也能像是小茜的琴藝一樣，一瀉千里。這樣以後還能去主持節目呢！」

小茜的曲調忽然急轉直下，聽來十分哀戚。

「小茜真貼心，想用一瀉千里的琴聲撫慰我，對吧？」

小茜默默的點點頭。

「這是什麼曲子？」阿霖問。

「送葬曲。」小茜面不改色的回答。

我終於哈哈大笑。

第二天，繼續重複著另一個無聊的暑假午後。這天下午，我們三個人都聚集在雜貨店裡。老爸又像往常一樣去睡午覺了。

「你『節奏天國』現在打到哪一關了？」我問阿霖。

「我沒有在玩啊！」

「那你在幹麼？你不是一直拿著遊戲機在玩嗎？」

阿霖把遊戲機翻過來給我看，並沒有開機。真怪，沒有開機，那一直盯著遊戲機看做什麼？又不是在唸經。

「我買了一種螢幕保護貼，關機時，可以變成鏡子。」

阿霖一邊說，一邊撥弄他的瀏海。原來他是一直在照鏡子。

「你真無聊。」我說。

「本來就很無聊。」

「說得也是。」

阿霖從椅子上站起來時，遊戲機不小心掉到地上。

他緊張的把椅子移開，墊在椅子下的一張小地毯也被移動了位置。

他撿起來趕緊開機，檢查有沒有壞掉。就在他說「好險沒壞」的同時，忽然蹲下身子來，接著，整個人趴在地上。

「大牛，這是什麼？為什麼椅子下面有個奇怪的東西？」他問我。

「有嗎？我沒注意過。」

確實，墊在椅子下的地毯移開以後，牆角邊有個圓形像是人孔蓋的東西，覆蓋在地板上。住在這裡這麼久，我從沒注意過這塊地毯。

我跟阿霖好奇的把那蓋子掀開來，竟然是一道階梯。

「我從來不知道這裡有地下室。」我說。

停止彈奏的小茜也湊了過來。

「這種老舊的日式木屋，會不會有防空洞之類的？」她問。

「下去看看？」阿霖提議。

我還在猶豫的當兒，阿霖已經鑽了進去。

一瀉千里

【成語的由來】

唐・李白〈贈從弟宣州長史昭〉

淮南望江南，千裡碧山對。我行倦過之，半落青天外。宗英佐雄郡，水陸相控帶。長川豁中流，千裡瀉吳會。君心亦如此，包納無小大。搖筆起風霜，推誠結仁愛。訟庭垂桃李，賓館羅軒蓋。何意蒼梧雲，飄然忽相會？才將聖不偶，命與時俱背。獨立山海間，空老聖明代。知音不易得，撫劍增感慨。當結九萬期，中途莫先退。

【大牛愛解說】

本來形容水奔流直下，順暢且快速，後引申比喻行文或口才流暢，很有氣勢，並毫無阻礙。或者比喻快速下降且持續不停。

【小茜連連看】

筆翰如流、一落千丈、每下愈況

【阿霖反過來】

扶搖直上、一飛沖天

一言九鼎

鼎的重量很重，九個鼎加起來，當然就更重了。

我和小茜尾隨著阿霖，順著階梯而下，鑽進了雜貨店的地下室。

一走下去，我的心就開始怦怦跳，因為眼前盡是伸手不見五指的漆黑。

「喂！阿霖，你確定還要往下走嗎？前面完全看不到有什麼東西啊！」

我對著前方喊叫。光線昏暗，我已經看不到阿霖的背影。

不久，前方傳來阿霖的聲音。

「你們快下來啊！快來看，我發現一個很奇怪的東西！」

「我看你還是快點回來吧！小茜……很害怕呢！」我回話。

黑暗的階梯裡，漂蕩著我們的回音。

「這位同學，我什麼時候說我害怕啦？」

小茜納悶的問我。她的聲音確實相當沉穩，一點也沒有害怕的樣子。

「嗯……這個嘛，呵呵，不好意思……」

我尷尬的笑起來，連笑聲都有點顫抖。

其實，害怕的人是我。

終於，我和小茜慢慢的摸黑走到階梯的盡頭。

說也奇怪，一到了地下室，好像有光線照明似的，竟然不覺得黑了。

我看見阿霖的前方透出了微弱的藍光。阿霖背對著我們，不知道低頭在看什麼東西。忽然，他轉過頭來，說：

「快點！這邊有一臺放大版的遊戲機。」

「放大版的遊戲機？」我納悶。

我跟小茜走上前，一看，確實在一個圓形的石柱上，擺了一臺放大版的遊戲機。不過，仔細再看，我想那只是一臺長得類似遊戲機的東西。然而，我從來沒看過這種機型的遊戲機。這臺遊戲機的螢幕發出了淡淡的藍光。

「你們看，」小茜指著石柱旁的一個縫隙，說：「這裡面夾了一張像是遊戲

卡的東西。」

「抽出來看看嘛！」阿霖總是充滿好奇。

我本來想，狀況還沒搞清楚，應該先等一等的，但阿霖已經把那一張遊戲卡從石縫裡抽了出來，而且，用極快的速度將卡片插進了遊戲機裡。

結果，遊戲機像是壞了，一動也不動，只繼續發著藍光。

「真無聊！」阿霖說。

我把遊戲機拿過來，重新關機再開機，確實沒有動靜。雖然覺得阿霖剛才太魯莽了，但現在遊戲機沒有反應時，我心底竟然也覺得有點無聊，彷彿本來也期待有什麼新鮮的事情發生。

就在我們把遊戲機放回石柱上時，藍光突然閃了閃，把我們三個人嚇了一跳。接著，螢幕上出現了一行小字。

「決定接受這一場『完美任務』的挑戰嗎？」

題目下有「決定」跟「放棄」的選項。

完美任務？我們彼此對看了一下，因為好奇心使然，大家都點了點頭，然

後，由我按下「決定」的選項。緊接著螢幕又出現第二行字。

「可以中途棄權。但，只能有兩個人棄權。換句話說，最後一個被留下來的人，無論如何都必須玩完遊戲。真的決定要接受任務嗎？」問題下又出現「決定」跟「放棄」的選項。

「看起來心裡毛毛的。你們不會拋下我吧？」阿霖問。

「感覺你才是會第一個棄權的人。」小茜說。

阿霖搔搔頭，像是被說中心事一樣。

「放心啦，阿霖，聽起來還滿刺激的啊。反正整個暑假我們也沒去什麼遊樂園玩，現在總算有不無聊的事情啦，不是嗎？」

「可以不用去無聊的補習班了！」阿霖忽然笑起來。

「也不用去上無聊的才藝班了，不用被逼著去彈一些不想彈的曲子。」小茜難得說出自己的心聲。

「嗯！而且，既然要玩，我就絕對不會拋下你們的。相信我，我說話一向是一言九鼎的喔！我相信你們也不會拋下彼此的。」我說。

「一言九鼎？」阿霖轉頭問。

「鼎是古代禮儀中的一種器皿，後來成為國家的象徵。鼎的重量很重，九個鼎加起來，當然就更重了。所以，這是用來形容一個人說的話非常有分量，就如同九個鼎那麼重。」我解釋。

終於，我們按下了「決定」的按鈕。

突然間，螢幕上的藍光瞬間消逝，一剎那，黑暗的空間裡閃了好幾道七彩的刺眼光芒。然後，出乎意料的，一陣天搖地動猛然襲來。

「地震！」突如其來的地震，把我們三個晃得頭昏眼花。

這地震的震度非同小可，有一種世界就要毀滅的感覺。

在恐怖的搖晃中，我們抓住彼此，忍不住大叫起來，可是，就在叫聲都還沒結束之前，地震又倏地停止了。

我們被晃到了一座城堡的入口。

一言九鼎

【成語的由來】漢・司馬遷《史記・卷七十六・平原君虞卿列傳・平原君》

毛先生一至楚而使趙重于九鼎大呂。毛先生以三寸之舌，強于百萬之師。勝不敢複相士。

【大牛愛解說】「九鼎」為傳說中夏禹的傳國寶器，相傳夏禹稱帝後，將領土劃分為九個州，並用各州進貢的黃金打造了九個重鼎來象徵他所統治的中國。九鼎加起來的重量很重，後來「一言九鼎」引申用來比喻一個人說話很有分量或說話很有信用。

【小茜連連看】一諾千金

【阿霖反過來】人微言輕

第二章

獲得

十拿九穩

成功率達到百分之九十，那不是很厲害？

在大門關著的城堡入口，我們看見三粒漂浮在空中的骰子。那骰子像是太空裡的星球一樣，在原地緩緩的自轉著。更妙的是，在那三粒骰子下，還漂浮著我們三個人的名字。半透明而又閃亮的字體，在風中輕輕晃動起來。

「每個人都有一粒骰子。接下來的步驟是什麼呢？」小茜問。

「這是模仿瑪利歐派對的場景。」阿霖說。

「對耶！所以，我們必須各自站在骰子下擲骰子。」我說。

沒想到我們走進了電玩世界的場景。

接著，我們各自站在自己的骰子下。三個人齊聲喊著「一、二、三！」然後舉起右手，往天空中用力跳躍。這是在瑪利歐派對遊戲裡的擲骰子方式。

「砰！」的一聲，我們擊中了骰子。骰子在空中快速的旋轉了幾圈以後就慢了下來，直到停止轉動。骰子停止後，忽然在一陣煙之中消失了，然後從空中掉下三個東西來。

是三張撲克牌。

這要做什麼呢？當我還在想的時候，城堡的門忽然打開，走出了一個令我們瞠目結舌的怪東西。是一個長了手腳的時鐘怪客。不知道為什麼，我總覺得這個時鐘怪客還挺面熟的。

「滴答、滴答！滴滴答答，答答滴滴！」在時鐘的表面，突然冒出一張嘴巴來，看起來是在對我們說話，但是完全不明白他在講什麼。

這時候，我看了看我手上的撲克牌，忽然有個念頭。

「我希望我們三個人，獲得聽懂萬物聲音的能力！」

對著撲克牌講出了這句話以後，瞬間，我感到一陣暈眩。可是，大約只有三秒以後，一切又恢復正常。

「怎麼回事啊？」阿霖問。

我聳聳肩說不知道。阿霖和小茜說，他們剛才跟我一樣感到暈眩。

這時候，時鐘怪客笨重的向我們走來。我們害怕的往後退了好幾步。

「不要害怕啊，同學們！」

時鐘怪客開口說話。我們聽得懂他說的話耶！

不只如此，原本安安靜靜的周圍，突然變得嘈雜起來。仔細聆聽，竟發現我們聽得懂兩隻飛過的小鳥聊天的內容。

「要去哪啊？」

「嗯，先飛回家睡個覺，待會兒去尋覓小蟲，吃個下午茶吧。」

一轉身，又聽見城堡外的護城河，不只有潺潺流動的水聲，竟還有說話聲。原來是護城河正對河邊的大樹抱怨著：「最近我的身體真乾燥。再不下雨，我努力做的保溼就要前功盡棄啦！」

「是啊，你看看我的皮膚，皺紋愈來愈多。」大樹指的是它的樹皮。

「我倒是喜歡這種清清爽爽的感覺。下雨最討厭了，總是搞得我必須黑著一張臉，像是印堂發黑的倒楣鬼。」天上的白雲傳出聲音來。

太有趣了。原來那撲克牌能讓我們實現願望。

「你們很聰明。沒有人解說，你們就知道這撲克牌如何使用。那麼，對於完成任務，我想，你們絕對是十拿九穩了。」

時鐘怪客微笑起來說。

「什麼意思？十拿九穩？」不愛念書的阿霖發問。

「比方你有十件想要的東西，九個都能拿到，機率非常高。意思是很有把握，不會出錯，成功的機率高達百分之九十。」我解釋。

「如果我們手上有那麼厲害的撲克牌，想要什麼都能獲得，那遇到什麼困難，當然都能十拿九穩的化解啦。」阿霖一邊看著自己手上的牌一邊說。

「但是每張牌，最好只使用兩次唷！」時鐘怪客說。

「最好只使用兩次？」小茜問：「聽起來是超過兩次也可以？」

「你們真的很聰明哪！哈哈哈！」時鐘怪客說：「其實是可以用三次。每個人能獲得三樣能力。但，第三次許願的同時，也將會帶來意想不到的副作用。所以建議你們只使用兩次。」

「什麼副作用？」我問。

「我怎麼知道！就像是我也不知道你們接下來會想要許什麼願望啊，哈哈哈！很公平吧？總之，同學們，上路吧！」時鐘怪客回答。

「等一等，我們根本還不知道，這遊戲的完美任務，最終目的是什麼？」

小茜果然是女生，心思很細膩。我跟阿霖竟然都忘了這麼重要的問題。

「最終目的啊……讓你們不再感到生活無聊，而且，可以無憂無慮的生活。」時鐘怪客說。

「無憂無慮，天底下哪有這麼好的事情？」

「怎麼？不相信嗎？沒興趣了嗎？現在放棄，已經算是『中途棄權』了唷！有兩個人可以棄權。要棄權，就要快啊！」時鐘怪客故意激我們。

「玩下去！」我看著身旁的阿霖跟小茜，他們對我點點頭。

「我們要玩下去！」

「好啊！那麼，就快進城堡裡吧！前方的『慢慢島』正在等你們呢！」

慢慢島？

時鐘怪客轉身，領著我們走進開了大門的城堡。就在這時候，我終於想起那面熟的時鐘怪客，其實是雜貨店裡的老時鐘，老爸說已經用了三十多年。

十拿九穩

【成語的由來】 明．阮大鋮《燕子箋．第七齣》

此是十拿九穩，必中的計較。

【大牛愛解說】 比喻對於某件事很有把握，不會出錯。

【小茜連連看】 萬無一失、勝券在握

【阿霖反過來】 百密一疏

退避三舍

三色？避開哪三種顏色？

時鐘怪客領著我們走進城堡之後，眼前竟是一大片湖泊。

我們跟著他，走到了岸邊的碼頭，看見那裡停泊著一艘船。時鐘怪客要我們划去對岸的小島，而他，就送我們到此為止了。

「但是，我們並不知道船要往哪裡划啊？」阿霖說。

確實，眼前這面大湖非常寬廣，根本看不到哪裡有一座島。

「不知道就問船啊，它會告訴你們方向的。」

時鐘怪客提醒了我們，我們現在可是能夠跟萬物對話的。

上了船以後，我們三個人拿起船槳，然後由我代表，對船開口。

「船伯伯，請多多指教。麻煩您告訴我們，應該往哪裡航行？」

船忽然用力的抖動了一下，發出了「哼」的一聲。

「我不是伯伯！」船底傳出來的，是個女孩的聲音。

「啊，是船妹妹呢。難怪這艘船看起來那麼漂亮呀！」阿霖很刻意的說。

這時船緩緩的晃動了一下，我聽見一陣女孩的溫柔笑聲。

「嗯，哥哥姊姊，請先往前方划行，十分鐘後，再往右邊轉彎。」

顯然船妹妹高興了。

半小時之後，終於抵達了時鐘怪客要我們去的小島。

陽光普照下的這座小島，看來真是風光明媚。而且，我們一上岸就發現，這裡簡直像是座野生動物園，草地上有不少馬、牛和綿羊。

「好可愛啊！」小茜很驚喜。

「可是，」我忽然發現有點異狀，「你們有沒有發現，這些動物似乎警覺到我們的出現，開始退避三舍？」

「三色？避開哪三種顏色？」

我有時真懷疑阿霖除了帥氣的外表以外，腦袋瓜裡到底有沒有裝大腦。

「退避三舍的意思是遇見了實力堅強的人，或是碰到害怕的東西，所以拉開距離，避開來，保持安全。」我解釋。

「有嗎？我看不出牠們有移動。牠們不是一直站在原地？」阿霖問。

「不，你們仔細看看，牠們用非常緩慢的速度在移動。」我說。

大家盯著那些動物看了很久，終於同意我的說法。

「慢到有點奇怪呢！好像每隻羊、每匹馬、每頭牛都變成烏龜一樣在行走。一般來說，這些動物不會走得這麼慢吧？」小茜問。

我點點頭。然後忽然想起，在踏進城堡以前，時鐘怪客曾說我們要去的，是一座叫做「慢慢島」的地方。

原來，慢慢島是這個意思嗎？

我仔細注意著草原上的一景一物，真的發現似乎所有的東西都以比平常慢五倍以上的速度進行。風吹的速度感、隨風搖擺的樹枝、篩落在地上移動的陽光，都像是以慢動作播放的影片。不久，幾片烏雲緩緩的漂過來，天空中落下一道閃電，竟也是以慢動作進行的。

「就連光的速度都慢了下來，太不可思議了。」我說。

「啊，你們看，雨也是慢動作的。」阿霖說。

我們跟著他抬起頭，看見從烏雲上落下的雨，正以極緩慢的速度降到地面上。到底為什麼這座島上的一切，都慢了下來呢？

「前面有一條路，我們過去看看？」小茜提議。

我和阿霖點點頭。

不過，就在我們準備抬起腳步往前行的剎那，怪事發生了——我們三個人抬起了腳，卻凝結在原處，遲遲無法將腳給放下。好不容易，終於落下了腳步，準備再跨出另外一隻腳的時候，依然陷入同樣的狀況。

腦子裡想的是下一個動作，但身體卻慢半拍，原來是這麼痛苦。

「這下子怎麼辦？我們光是要走到那條路的起點，都那麼困難了，接下來要怎麼移動到另外一個地方呢？」小茜著急了起來。

結果，我們花了一個多小時，才走到平常只要十分鐘就能走到的地方。

退避三舍

【成語的由來】《左傳・僖公二十三年》

晉楚治兵，遇于中原，其辟君三舍。

【大牛愛解說】古人以三十里為一舍。「退避三舍」指作戰時，將部隊往後撤退九十里。後用「退避三舍」比喻主動讓步，保持相當的距離，以求安全。

【小茜連連看】退徙三舍

【阿霖反過來】周旋到底、當仁不讓

立竿見影

路燈下的影子，為什麼遲遲沒有出現？

花了好長的一段時間，我們終於沿著那條小路，走到了一處有民宅聚集的村莊。而這時，竟已經是晚上十一點了。

「慢動作的步伐，害我們花了一整天的時間走路。」我氣喘吁吁的說。

「我滿身大汗，頭髮全亂了！」在意自己外型的阿霖抱怨。

小茜什麼話也沒說，一個人靜靜的哼著歌。其實這正代表小茜心裡挺煩躁的。每次遇到什麼令她煩憂的事情時，她就會彈琴或唱歌。

其實，當你一整天都用慢動作的腳步行走時，到最後似乎也習慣了，不覺得自己走得特別慢。因為身邊的萬物，也都是以同樣的速度在運作的。

「肚子好餓。」我說。

阿霖跟小茜聽了也點頭。

「哪裡有賣吃的呢？」我張望了一下四周，這附近全是民宅，看不見有任何餐廳。即使有，恐怕也都已經打烊了。

「路上找不到人可以詢問呢。」阿霖說。

咦，何必問人呢？我們現在可以跟萬物對話啊。於是，停在一個十字路口的我，抬頭對著紅綠燈大聲喊著：「請問一下，您知道這附近哪裡有餐廳嗎？」

這次我學聰明了，避開性別的稱謂。

一會兒，紅綠燈發出沉穩的聲音，說：「問我就對了。從我這個路口往下走，先右轉，再左轉，你們就會看到一間二十四小時營業的速食店。」

太好了！有速食店還開著。我們趕緊照著它指示的方向前進。

「這個『慢慢島』上什麼都慢，所幸說話的速度並不慢。否則，問了一句話以後，等到他們回答，不知道要等到什麼時候呢！」我說。

好不容易到了速食店，我們各自點了想吃的東西。店員體貼的說：「請先到位子上稍等，待會兒會看桌上的號碼牌，將餐點遞送給你們。」

然而，這一等，就是十五分鐘。

「怎麼那麼久？餓死了！」阿霖的耐性快被磨光了。

「糟糕了！」我冒出這樣一句。

「怎麼？」小茜問。

「別忘了這裡所有的事情都是慢動作的。」

「可是這裡是速食店耶。速食店就是要講究速度的啊。」

我忍不住去櫃臺詢問了店員。店員的答覆是，稍等一下，因為餐點都是現做的，所以需要一點時間。

就這樣，這所謂一點時間，居然讓我們等了一個小時。

快變成餓死鬼的我們，只花了三分鐘，就把漢堡、薯條跟汽水全部吃光。

「真是氣死了。」阿霖忿忿的說。

「你應該慶幸，吃東西的速度沒有跟著變慢。否則從拿起漢堡，到咬下去，再吞進肚子裡，恐怕就要花上半小時。」我說。

「天啊！不敢想像。我一向是個追求立竿見影的人，真的沒這種耐性。」

阿霖說完話以後，我跟小茜瞪大了眼睛看著他。

「怎麼了？我說錯什麼嗎？」他不解的問。

「正是因為你沒說錯什麼，才令人驚訝。」小茜說。

「是立竿見影，沒用錯吧？就像是把竿子放在太陽底下，馬上就會出現影子啊。意思就是事情很快就能看到結果。」

「天啊，這世界真的不同了。你竟然還會解釋成語！」我打趣的說。

阿霖撥撥他的頭髮，一副很得意的模樣。

就在這時候，旁邊忽然傳來一個聲音。

「立竿見影？在這島上，沒有這種事情。」

旁邊什麼時候坐了一個頭髮花白的老婆婆？之前完全沒有注意到。老婆婆的樣子有點恐怖。她的頭髮很凌亂，蓋住了一半的臉，而臉上也髒兮兮的，好像很久沒洗臉似的。看起來像是個流浪漢，還好身上並沒有發出惡臭。

「什麼意思？」我問。

「跟我到外面。」老婆婆說。

我們有點遲疑的跟著老婆婆離開速食店，在漆黑的街道中，走到一盞路燈下。原來，老婆婆是要證明：在這座慢慢島上，立竿見影的原理是不成立的。在路燈下的我們，影子遲遲沒有出現。過了好一會兒，影子才像螞蟻爬行的速度一般，從我們的腳下往外伸展出去。

「為什麼在這座島上，所有的速度都會變慢呢？」我問老婆婆。

老婆婆沉默的轉向我。她的眼睛被頭髮蓋住了，我看不清楚她的眼神，只聽得到她冷笑了兩聲。那笑聲令我有些害怕，毛骨悚然起來。

「你們今天晚上有地方住嗎？」老婆婆話題一轉，忽然問我們。

「沒有。」我們異口同聲的回答。

在回答的這一刻，突然覺得一整天下來，真的好累了。

「不介意的話，到我家裡住一晚吧。我的小孩都長大去大城市裡工作了，現在家裡有幾個房間空著。」老婆婆說。

我們三個人聽到老婆婆的邀約以後，轉過身子，背對著她，開始竊竊的討論起來。這種邀約，不都是童話故事裡壞人所設的陷阱嗎？

「把別人的好意想得那麼邪惡，才是最可惡的壞人！」

老婆婆忽然這麼一喊，差點把我們三個人嚇死了。原來她都聽見了。

最後，我們答應了老婆婆的邀約。因為說實在的，我們也沒別的地方可去。

而且，我們真的是累壞了。

「走路去嗎？」阿霖緊張的問。

「坐公車。」老婆婆回答。

還好。我們鬆了一口氣。

結果，等公車等了半小時。終於上了公車以後，這公車也是以烏龜的速度在行駛，開了一個半小時，都還沒抵達。

「好久喔，」阿霖小聲嘀咕著：「搭高鐵的話，可以從臺北到高雄了吧。」

結果，這悄悄話又被聽力超強的老婆婆聽到了。她生氣的大喊：「立竿見影，在這裡將會是一場悲劇！」

這句話聽來，總覺得是個恐怖的雙關語。

於是，我們不敢再多抱怨什麼，乖乖閉上嘴。

立竿見影

【成語的由來】漢・魏伯陽《參同契・如審遭逢章》

立竿見影，呼穀傳響。

【大牛愛解說】豎立竹竿於陽光下，可立刻見到它的倒影。比喻做事迅速收到成效。

【小茜連連看】其應若響、吹糠見米

【阿霖反過來】曠日持久

借花獻佛

有借有還，再借不難。但如果借來的花獻給佛了呢？

立竿見影，在這裡將會是一場悲劇。

直到踏進了老婆婆的家，我的心底仍盤旋著這一句耐人尋味的話。

這一晚，名模阿霖跟小茜因為過度疲憊，所以睡得很沉，只有我睡得不太安穩，大概始終覺得隨便踏進陌生人家裡過夜，實在太輕率了一點。

不知道什麼時候，我終於也昏睡了過去。當我醒來時，明明覺得已經睡得很飽了，可是看見窗外的天空卻仍一片漆黑。

身旁的阿霖跟小茜坐在床緣，原來他們早就已經起床了。

「現在還是半夜嗎？」我問他們。

「你忘了這裡什麼都是慢動作的嗎？所以太陽也爬得慢慢哪！」小茜說。

「那現在該怎麼辦？等天亮嗎？」阿霖問。

「除了這樣，似乎也沒有其他事情可以做。而且，我想老婆婆可能還沒起床，我們不能這樣不吭不響的離開。」我說。

「如果她起床了，應該會來看看我們吧？」小茜問。

我跟阿霖聳聳肩，表示不知道。

「對了，我們平白無故在老婆婆家住了一晚，是不是應該回饋點什麼，表示心意呢？可是身邊又沒帶什麼紀念品。」我說。

「啊！」小茜的眼睛閃了閃。

「怎麼了？」我問。

小茜拉開她的背包拉鍊，從裡面拿出一盒鳳梨酥。那是老爸的基隆朋友來家裡拜訪時送的。因為有好幾盒吃不完，我送了一盒給喜歡吃鳳梨酥的小茜。

「如果大牛你不介意，這盒鳳梨酥可以送給老婆婆。」小茜說。

「真的嗎？可是這是你很愛吃的東西……那回去以後，我再送你一盒。」

但，我們什麼時候會回到原來的世界呢？

小茜微笑著點點頭。她因為脣顎裂的關係，笑起來時，縫補過後的嘴脣會更加顯眼，所以總是不太喜歡笑。可是我覺得小茜笑起來很可愛。

「真是謝謝你。」我說。

「沒什麼，只是借花獻佛罷了。」小茜回答。

「借花獻佛是什麼意思？」阿霖問。

小茜解釋：「意思是借用別人的東西，來替自己作人情。就好像拜佛時，應該自己準備花束的，卻借用別人送的花去拜。」

「你們懂得真多。」阿霖搔搔頭。

「是你懂得太少了。」我故意糗他。

接下來，有好一段時間，我們三個人就坐在房間的地板上不知道要做什麼。雖然彼此都沒開口，但我知道我們現在的心底，應該浮現出了同樣的三個字，那就是——「好無聊」。

「唉，沒有電動可以打發時間。」阿霖終於說穿了大夥兒的心事。

「我們現在不就在電動裡嗎？」小茜說。

「有這麼無聊的遊戲嗎？」阿霖搖搖頭。

當我準備開口回應時，一件恐怖的事情發生了。

我開口說話，可是，腦子裡想講的東西，卻無法跟我的嘴巴配合在一起。也就是說，我的嘴巴其實已經在動了，可是聲音卻遲了好幾秒鐘才發出來。

「大牛，你怎麼了？」小茜注意到我的異狀。

「大牛，你的臉好脫線喔，嘴巴一直動卻沒有聲音，是配音沒配好喔！」

阿霖忍不住笑起來。然而，就在阿霖取笑我的剎那，他的笑聲也遲到了。他開始笑的時候，並沒有聲音，直到他閉上嘴巴時，笑聲才趕上來。

我們看見小茜動了嘴巴，但也沒有聲音。她皺起眉頭，閉上嘴的時候，剛剛說的話，才從空氣中散開來。

「我們之前擔心的事情發生了，說話也慢半拍了！」

因為無法控制說話聲音的速度，心急的我們又一直想討論該怎麼辦，這下子，我們想說的話，好像塞車了一樣，在整個房間裡堵成一團。

就在天終於亮了的時候，我們發現老婆婆站在房門口。

借花獻佛

【成語的由來】

《過去現在因果經・卷一》

今我女弱不能得前，請寄二花以獻於佛。

【大牛愛解說】

借用別人的花供養佛。後比喻借用他人的東西來作人情。

【小茜連連看】

順水人情、慷他人之慨

【阿霖反過來】

誠心誠意

青面獠牙

想當模特兒，可以考慮走青面獠牙的造型路線，保證成為焦點。

當我們正想向老婆婆求救的時候，面對著我們的老婆婆撩起了她的頭髮。之前始終看不清楚她的臉，這一刻，終於看清楚了。

「還是……不要看清楚……比較好。」一向愛美的阿霖嘀咕起來。

老婆婆的皮膚充滿紋路和凸狀物，很像是什麼呢？啊，對，很像是鱷魚皮。

「名模，」我苦中作樂，對阿霖說：「你想當模特兒，也許可以考慮走這種青面獠牙的名模造型路線，保證成為焦點。」

看見阿霖一臉困惑的模樣，我想，他是不懂這個成語的意思。

「青面獠牙的意思，很容易想像啊！一個人的臉是綠的，又長了一對露在嘴巴外面、又彎又尖的大牙，你說，恐怖不恐怖？所以這句成語就是用來形容人長得像凶神惡煞，令人畏懼。」

老婆婆突然發出一聲怒吼，我們幾乎嚇得跳了起來。

「大牛，你當著人家的面解釋得這麼清楚幹麼？」阿霖用手肘推了我一下，「總而言之，就是壞人就對啦！」

「請別用外貌來評斷一個人的心。」

對容貌敏感的小茜忽然這麼說。

我們趕緊閉起嘴來。不過，奇怪的是，當我們準備「閉起嘴來」時，才赫然發現，我們根本沒有開過口。也就是說，剛剛那一串對話，我們並沒有開口說，彼此就聽見了對方內心的聲音。難怪剛才我們的對話能夠順利進行，沒有在空中大塞車。

「太神奇了。你們聽得見我現在沒有開口說出來的話嗎？」

我說。其實嚴格而言，並不是「說」，而是「想」。

「聽得見。訊號很清楚。」阿霖打趣。

「所以老婆婆也聽得見我們內心的對話？」小茜問。

「你們一定覺得莫名其妙吧？」老婆婆沒有開口，仍傳來她的聲音，「其實沒什麼奇怪的。這不就是你們想要的嗎？覺得生活太無聊，現在，就給你們一點不無聊的，反而著急了嗎？哈哈哈！」

「我不想要這種慢吞吞的生活。」阿霖抱怨。

「快，有什麼好的？」老婆婆狂吼：「我絕對不會讓這座島嶼恢復原來的速度的！不但如此，我的目標是全世界都要慢下來！走進這國度的人，都該放棄『快速』的邪惡念頭。」

這時，老婆婆緩緩的大手一揮，一陣狂風慢慢的從天邊吹過來，居然把我們三個人捲起來，然後漂浮在半空中。

空中顯現出了許多阿拉伯數字。

「題目是什麼？」我已經很進入狀況了。

「鱷魚的平均壽命是幾年？」老婆婆出題，然後她把手指向阿霖：「你，你先回答！」

「啊？」阿霖臉色一片慘白。他怎麼會知道呢？真是。

「三十年！」他回答。天空中排出了「30」的字樣。

突然，阿霖從天空中降到比我們還低的位置。然後，阿霖下方的草地開了一個大洞。恐怖的是，洞穴裡面居然全是張著大嘴的鱷魚。

「好好體驗慢慢來的趣味吧！大概三個小時後，你就會降到洞穴裡。」

老婆婆說完，洞裡的一群鱷魚彷彿把嘴巴張得更大了。

「該你！小女生！」老婆婆指向小茜。

小茜無助的望向我。啊，我可以在心底偷偷告訴小茜正解啊。正當我這麼想的時候，老婆婆大聲吼叫：「不准作弊！」原來，心底傳話，也讓我們失去了說悄悄話的能力。

「嗯……」小茜的面前，緩緩的排出了「70」的字樣，結果，她整個人也往下掉了好幾尺。同樣的，在她的腳下也開了一個大洞，一群鱷魚好像剛吃完什麼似的，張開的大嘴上甚至還沾著血跡。

「剩下你了。」老婆婆看著我。

「大牛，你一定知道正確答案的。快點回答，逃脫以後才能想辦法救我們

哪！」阿霖看著我。

這時，我忽然瞥見老婆婆的眼神。總覺得她的眼神充滿玄機。

我看著老婆婆，慢慢在心底傳遞出我的答案。

「鱷魚的平均壽命，是……」

大家都聽得到我內心的聲音，等待我的正解。

「一年。」

阿霖跟小茜瞪大眼睛。

我的身體從天空降了下去。然後，腳下的草地也開了一個鱷魚洞穴。

「你胡說！你明明知道正確答案，為什麼說謊？」老婆婆發狂得整頭白髮都捲了起來。

是的，我說謊。鱷魚的平均壽命是一百五十年才對。

「大牛，你為什麼故意答錯？」小茜問。

「我要是『太快』答對，我現在不可能還能跟你們說話，已經在鱷魚的肚子裡了。這個人這麼痛恨『快速』，我如果這麼快把正確答案給說出來，並不會獲

得解脫，只會遭到懲罰。」

「早晚都要死！本來想讓你早點死，折磨比較少。既然你自己願意慢慢等死，那也符合我的初衷。」老婆婆冷笑。

「這下子該怎麼辦？」阿霖有點著急。

小茜從她的口袋裡掏出了一張撲克牌。

「別忘記我們還有這個。」

於是，小茜許下了她的第一個願望。

青面獠牙

【成語的由來】明・張岱《水滸牌序》

吳道子畫地獄變相，青面獠牙，盡化作一團清氣。

【大牛愛解說】形容長相不像人類，臉色青綠，長牙外露，如同猛獸一樣恐怖，令人畏懼。亦用來形容面貌非常凶惡可怕。

【小茜連連看】青臉獠牙

【阿霖反過來】明眸皓齒

沉魚落雁

魚也沉了，雁也掉落下來……感覺好像災難片？

我還沒來得及聽清楚小茜對著撲克牌許下什麼願望，霎時間，就感到一陣暈眩。

「啊，你們抬頭看那裡！」我指著前方。

在天空中，竟看見了我們三個人仍漂浮在那裡，下方仍是恐怖的鱷魚池草原。只不過，眼前的畫面像是褪色了，呈現半透明狀。然而，隨著時間一點一滴的流逝，畫面卻變得愈來愈清晰。

突然，我們又看見了另外一組半透明的「我們」。

咦？好熟悉的畫面。這不是前一晚，我們正準備走進老婆婆家的場景嗎？

「怎麼回事？」阿霖問。

「太神奇了。」小茜拿著方才許願的那張撲克牌，對我們說：「你們看！這張牌原本空白的表面，多出一個時鐘的圖像來。」

「小茜，你究竟許了什麼願望？」我問。

「時間修正液。」

「時間修正液？所以我們時光倒轉，回到過去了？」名模阿霖睜大了眼睛。

「其實我也不太確定耶。剛剛一陣慌亂，我許願的時候只是在想，希望可以像是用修正液修改寫錯的字那樣，修改過去做過的事情。然後，就變成這個樣子了。」小茜聳聳肩。

「我知道了，」我大膽推論：「小茜許的願望是『修正』時間，所以，我們並沒有回到過去，我們只是有機會可以修正想要修改的部分。」

「就像是拿修正液改錯字，並不是回到還沒寫錯的時間之前，而只是可以修正錯字而已。」小茜點點頭。

阿霖搔搔頭，說：「還真複雜。」

「這修正的時間，應該是有限制的。也許，現實的半透明畫面，恢復成原來

的樣子時，就無法修改了。」我推測的說道。

真實的我們，變成了玩電玩遊戲的操作者。看著螢幕上出現兩組自己，等待玩遊戲的人開始操作。

「快！我們現在不能跟老婆婆走進她家！」

機靈的小茜拉住我們兩個人，拐進另外一條街道，躲開老婆婆。

修正了過去，沒有踏進鱷魚老婆婆家，因此接下來的一切也都跟著改變了。

兩組半透明的畫面頓時消失。

我們終於順利逃脫了鱷魚池草原。而在踏進老婆婆家之後所發生的一切事情，也都像是被修正液塗成一片空白那樣，什麼也沒發生過。

我們說話不再慢半拍了，可是，動作仍是遲緩的。

就這樣，三個人朝著鱷魚老婆婆家的反方向，緩緩的走過好幾條街道。

可是，不久之後，我們又看見幾個老婆婆迎面走來。

「又是老婆婆？」阿霖緊張起來。

「不過她們看起來正常多了。」我說。

原本老人家就行動緩慢了，而在這個慢慢島上，慢得更嚴重。

她們拄著拐杖，很吃力的行走著，令人看了很心酸。

「我現在知道了，在這個島上，大家的動作會變成這樣，一定都是那個想置我們於死地的鱷魚老婆婆搞的鬼。」我說。

當我們靠近她們時，其中一個老婆婆忽然停下腳步，看著小茜，微笑起來說：

「這小女孩，真是美得沉魚落雁哪！」

「是啊，年輕就是好。我們以前也曾那麼美麗過哪！」另外一個老婆婆說。

「唉，要是晚生一點就好了。因為現在的人不太容易老呢。」

原來，在慢慢島上，連老化也遲緩了。

「婆婆，請問沉魚落雁是什麼？」小茜發出疑問。

老婆婆微笑著說：「沉魚落雁啊，就是形容一個女孩子很美麗的意思。魚看見她，就沉到水裡去了；雁看見她，也從天上落了下來……」

「感覺起來好像災難片喔。」阿霖發表感想，卻沒人搭理他。

「我一點也不美啊……」

總是對自己容貌沒有自信的小茜，抿了抿嘴唇。

幾個老婆婆拖著蹣跚的腳步，慢慢離開我們。其中一個人因為腳有點跛，動作又被迫變得如此緩慢，一不小心，差點摔倒。

「讓老人家變成這樣，真是太不道德了。」小茜不忍的說。

「嗯。我們在這種慢動作之下，都覺得痛苦了，何況是老人家呢？對她們來說，簡直是一種折磨……」

我的話還沒說完，就看見小茜拿出那張許過願的撲克牌，不假思索的對著撲克牌默唸。

沉魚落雁

【成語的由來】《莊子．齊物論》

毛嬙、麗姬，人之所美也；魚見之深入，鳥見之高飛，麋鹿見之決驟，四者孰知天下之正色哉？

【大牛愛解說】原指魚跟鳥無法辨認美醜，即使看到美女也仍然一如往常的潛水跟高飛。原意指人間沒有絕對的美醜標準，但後來轉變成形容女子的美貌，令魚跟鳥都為之傾倒。

【小茜連連看】閉月羞花、花容月貌、如花似玉、國色天香、傾國傾城

【阿霖反過來】其貌不揚、無鹽之貌

器宇軒昂

欺負別人的人，沒有資格用上這句成語。

小茜修正了慢慢島上，被迫開始慢半拍的那個剎那。

慢慢島不再慢了。

不一會兒，我們看見那群已經走遠的老婆婆們，步伐不再那麼遲緩而沉重。同時我們也發現，自己行走的腳步也輕盈了起來。

「恢復正常的速度了！」我驚喜的叫出聲音來。

「小茜你成功了！」阿霖拍起手來。

方才被稱讚是沉魚落雁的小茜，這一刻的笑容顯得特別燦爛。很顯然，小茜認為自己為那些老婆婆、為我們，也為這整座島嶼，做出了貢獻。

我抬頭看見天空中飛過的鳥、隨風漂動的白雲，都以一種熟悉的速度移動

著，忽然覺得很感動。

然而，這感動並沒有持續太久。

晚上，我們看電視新聞時，看到了一整個下午就發生了三件以上的事故，幾乎全是超車導致的車禍意外。

緊接著，又報導了一則搶劫事件，所幸嫌犯在三個小時後就落網。

新聞主播說：「這是島上的速度變慢以來，第一起犯罪事件。嫌犯供稱，他搶劫的目的，是因為這樣是最快能得到錢的方式。」

第二天早上，我們經過一個廣場時，巧遇了昨天在街上碰到、並且稱讚小茜的那幾個老婆婆。她們正在一輛車子前，和三個年輕人像是起了爭執。那幾個年輕人不斷對著老人家大聲喝斥著。

「年輕人講話，不該這麼沒大沒小。況且明明是你們酒後駕車，犯了錯，怎麼還可以對別人這麼沒禮貌呢？」其中一個老婆婆搖搖頭說道。

「沒大沒小？哈！這可不是沒大沒小唷，我這叫做什麼，你們知道嗎？」其中一個染了金髮的男生，兩隻手拍了拍身旁的另外兩個男生，態度傲慢、大搖大擺的走向老婆婆們，自以為威風的說：

「我這叫做器宇軒昂哪！」

說完以後，顯然是喝醉酒的他，甚至還用力推了一下老婆婆，害老婆婆差點摔倒。還好老婆婆的朋友們趕緊扶住她。

「器宇軒昂根本不是這個意思！他們太過分了！」

目睹一切過程的我們，覺得很不可思議。其中，以小茜最為忿忿不平。

小茜忽然衝上前，站在那三個酒醉駕車的男生面前。

「喂！什麼叫做器宇軒昂，你們懂嗎？」

「你、你是誰啊？咦，老婆婆的孫女嗎？」一個男生說完之後，另外兩個男生湊上前搭話：「不是不是，是老婆婆整型了，變成毛頭小女生了！」

他們一陣狂笑。我們趕緊跑到小茜身旁，怕那幾個男生會對小茜動粗。

「器宇軒昂的意思，是形容一個人神采飛揚，很有大將之風，又有氣度的樣子。你們幾個人這樣欺負老人家，根本沒有資格用上這句成語。」

「誰叫這幾個老太婆動作慢吞吞的！我們可是在綠燈時通行的喔。是她們不趕緊過馬路，還在斑馬線上，差點害我撞死她們。」

「老人家走路本來就不快，來不及在號誌燈變換以前過完馬路，我們不是應該體諒她們嗎？」我也開口助陣了。

「誰管那麼多！我們可是很趕時間的！拜託，我們已經憋得夠久了。現在這島上的速度恢復正常，我們終於可以不必跟這些老人家一樣慢吞吞的了！你竟然還要我們慢慢等她們？莫名其妙！」

就在這年輕人講完這句話以後，我們三個人頓時沉默了。

「唉，還是以前的時代好。」其中一個老婆婆嘆氣道。

「是啊，每個人都一樣慢，很公平。」

「謝謝你們為我們說話啊。算了！算了！別跟這幾個喝醉酒的不良少年計較了。是我們這些老人家，得適應這處處要求速度的新環境了。」

幾個老婆婆彼此攙扶，揮揮手離開了現場。那幾個年輕人則是毫無悔意，上了車以後就揚長而去。

小茜垂下肩膀，很喪氣的樣子。

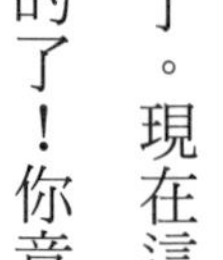

「我終於明白了。」她說。

「嗯？明白什麼？」我問。

「明白那個鱷魚老婆婆說過的話……」

立竿見影在這裡不是件好事。

我們都不再說話了，只聽見急速的風，混雜著街道裡嘈雜的聲音，整座島嶼彷彿多了一股躁動不安的情緒。

器宇軒昂

【成語的由來】

「器宇」：晉．王隱《晉書》

瑩子兼，字令長，清素有器宇，資望故如上國，不似吳人。歷位二宮丞相長史。元帝踐阼，累遷丹楊尹、尚書，又為太子少傅。自綜至兼，三世傳東宮。

「軒昂」：《三國志．卷四十六．吳書．孫破虜討逆傳．孫堅》

堅時在坐，前耳語謂溫曰：「卓不怖罪而鴟張大語，宜以召不時至，陳軍法斬之。」溫曰：「卓素著威名於隴蜀之間，今日殺之，西行無依。」堅曰：「明公親率王兵，威震天下，何賴於卓？觀卓所言，不假明公，輕上無禮，一罪也。章、遂跋扈經年，當以時進討，而卓云未可，沮軍疑眾，二罪也。卓受任無功，應召稽留，而軒昂自高，三罪也。

【大牛愛解說】「器宇」，指人的胸襟、氣度；「軒昂」，形容意態不凡。「器宇軒昂」形容神采飛揚，氣度不凡。亦可寫成「氣宇軒昂」。

【小茜連連看】氣宇不凡、神采飛揚、英姿煥發、玉樹臨風

【阿霖反過來】委靡不振

萬人空巷

萬人空巷並不是指街上空無一人唷！

一整天，我們不斷目睹著慢慢島恢復速度以後發生的事情。

人心浮躁，大家都失去了耐性，浮現出一股不耐煩的表情。街上行人也好，車輛也好，互不相讓。爭吵增加了，衝突一觸即發，那些沒辦法跟上速度的人，都遭到排擠。

於是，我們忽然有了一個共同的感想，那就是：我們自以為幫忙了別人，卻可能造成某些人的困擾。也許這個地方有更多人，潛意識裡是希望慢慢來的呢！

結果，我們只是一廂情願的照著自己的方法去做事情，卻沒有考量到當事人的感受。

讓慢慢島恢復正常速度的小茜，一整天都悶悶不樂。

我跟阿霖不知道該怎麼安慰她。因為，我們確實也在想，或許，這裡就是適合慢慢來的。

終於，我們回到了當初上岸的那座碼頭。

「船妹妹還在那裡！」我指著前方。

「船妹妹？」阿霖一臉困惑。

「你忘記啦？載著我們來到慢慢島的那艘船啊！」我說。

我們很興奮的跳上船，立刻跟船妹妹問好，希望她可以載我們離開那裡。

可是，船卻一點動靜也沒有。

「搞什麼！」阿霖忽然有點不耐煩：「這下子糟糕了。如果船不會自己開動，船上也沒有船槳，哪兒也去不了。」說完之後，他用力跺了一下船板。

「可以有禮貌一點嗎？」

一個尖細的男聲，忽然從船身傳來。

「不是船妹妹？真不好意思。」小茜趕緊道歉。

「我是弟弟，不是妹妹。難道只是因為船型狹長，就覺得我是女生嗎？秀氣一點就不可以是男生嗎？我不想載你們離開這裡了。哼！」他賭氣的說。

老實說，船弟弟講話的感覺，若不仔細分辨，真會誤認為是女生呢。

「對不起，船弟弟，」我儘量安撫他：「可以、可以，當然可以是男生唷！你看我的朋友阿霖，比女生還愛漂亮，但是他也是男生。」

我用手肘推了一下阿霖，示意要他接話，討好船弟弟。

「喔喔喔，對啊對啊，我沒有惡意。我還想要跟你請教，男生食量大，很容易胖，該怎麼維持好身材呢？」還好阿霖很進入狀況。

船身忽然搖動了一下，然後緩緩的離開碼頭。

「這可不是那麼簡單的呢！」船弟弟受到了誇獎，似乎很開心。

在船漸漸遠離碼頭時，小茜忽然從口袋中拿出那張許願過的撲克牌。

就是這張牌，變出了時間修正液，讓慢慢島恢復正常速度。

「想讓慢慢島回到緩慢的速度嗎？」我問她。

「嗯。我想，就算是要改變，也應該是住在這座島嶼上的人來決定。我們只是路過的人罷了，沒有資格幫他們做決定。」她說。

接著，她按著撲克牌，閉起眼睛默唸。

不久，我們看見沙灘上，有一隻鱷魚從水裡爬上岸。

我忽然想到，那也許就是我們遇見的鱷魚老婆婆。

時間修正到這座島嶼準備開始緩慢下來的那個剎那了。

「請問哥哥姊姊們，你們要去哪裡呢？」船弟弟問。

「是啊，該去哪裡呢？」這可難倒我了。

阿霖忽然掏出背包裡的撲克牌，說：「既然不知道，就來許個願吧！嗯……我想……我想去一個有很多偶像明星的地方！」

「喂！等一等！這是什麼爛願望啊？」我趕緊阻止他。

「對啊，阿霖，撲克牌應該是讓我們解決困境的，你這樣就用掉一個願望，太浪費了！」小茜也感到意外。

然而，一切都來不及了。

船弟弟轉瞬間像是變成了一艘火箭似的，奮力往前衝。速度實在太快，我們三個人原本是坐著的，現在必須整個人趴在船板上，緊緊拉著把手，才不至於被甩出船外。一陣天旋地轉，頭頂上一會兒是白天，一會兒是黑夜；一下子豔陽高照，一下子又傾盆大雨。

不知道過了多久，當一切都平靜下來時，我們發現自己正站在一個三岔路口。怪的是，街上空無一人。

「好冷清啊！真是萬人空巷！」小茜說。

「萬人空巷並不是指街上空無一人唷！」我說。

「真的嗎？」

正當我準備解釋時，忽然，有個女孩子開口接話。

「沒錯，萬人空巷指的是所有人都從巷子裡走到大街上，歡迎或慶祝什麼事情，所以大街上人山人海，應該是很熱鬧的意思。」

是誰接了我的話？

我們好奇的回頭看，看見從巷子裡冒出一個穿著公主裝的西方女生。

外國人也懂成語？我仔細觀察著她，覺得她好面熟。

「請問您是哪位？」我好奇的問。

「各位好，我是……白雪公主。」

「啊？不、不會吧？」我們三個人異口同聲的說。

「可是，」小茜悄悄的跟我們說：「她不是真的白雪公主。白雪公主的頭髮其實是黑色的，可是，她是金色的。還有，白雪公主的裙子是黃色，上衣是藍色，但她的裙子是黑色，上衣是綠色的。」

「白雪公主原來是北一女畢業的啊？」阿霖打趣的說。

我們忍不住笑出聲來。

「快點跟我走吧！你們不要在背後說別人閒話了。美女是不喜歡別人在她背後指指點點的。」白雪公主說。

她說的美女，當然就是她自己。

阿霖轉過頭，壓低聲音向我抱怨：「我不是許願要去一個有很多偶像明星的地方嗎？怎麼會來到這裡。」

「你沒說清楚吧！白雪公主確實曾經是很多小女孩的偶像。」我說。

「那是上一代的事啦。」

我們跟著這位自稱白雪公主的女生往前走，一邊走，一邊不斷聽到她喃喃自語。

「你們許願的時候，有沒有指定要本尊出現呢？我這個分身也是很忙的好嗎？真是。現在的小孩，真會把過錯推到別人身上。氣死了！喔，不能氣，會出現皺紋的。放輕鬆、放輕鬆！」

要走到哪裡去呢？這位「簡直是白雪公主」的女孩顯然正在氣頭上，我們不敢問。但是，可以確定的是，我們即將進入電玩世界裡新的一關了。

萬人空巷

【成語的由來】 宋・蘇軾〈八月十七日復登望海樓自和前篇是日榜出余與試官兩人復留〉詩五首之四

賴有明朝看潮在，萬人空巷鬥新妝。

【大牛愛解說】 家家戶戶的人都從自家的巷弄裡走出來，聚集到了某個地方。形容歡迎某人或舉行慶典時擁擠、熱鬧的盛況。

【小茜連連看】 人山人海、水泄不通、萬頭攢動

【阿霖反過來】 三三兩兩、寥寥無幾、隻影全無

第二章

團結

門可羅雀

家裡再也無人造訪，大門乾脆封起來，架起網子來捕雀吧。

很多東西差了一點，就算是再像，也只是個冒牌貨。

原本我跟著阿霖，稱呼那個自稱是白雪公主的女孩「冒牌貨」，不過小茜有些意見。小茜覺得冒牌貨聽起來很傷人，而且這種說法，再度陷入了以貌取人的思維裡。所以我們想了很久，決定私下給那個女孩一個新的名字。

簡直是白雪公主。

簡直是，但很遺憾，她真的不是。

「簡直是白雪公主」領著我們往前走，沿途經過的地方，依然一個人影也沒有。

「為什麼街上都沒有人呢？甚至連正在營業的商店，也完全沒有人，生意很

糟糕。」阿霖忍不住問。

「因為今天是我們的大掃除日。」「簡直是白雪公主」回答。

「咦？要過年了嗎？」我問。

「等到過年才大掃除，那就來不及了。」她語帶玄機的說：「很多東西都是在你不知不覺的時候增長的。」

「原來如此，因為大家都在家裡忙，所以街上跟商店裡才……」阿霖話說到一半，忽然停了下來。

「怎麼了？」我狐疑的問。

「萬人空巷指的是人多熱鬧的意思，那麼相反意思的成語，該怎麼說呢？萬人滿巷嗎？因為所有人都趕著回家，不想待在外面，所以車站裡都擠著滿滿的返鄉人潮？」阿霖說。

我跟小茜聽了，吃驚的沉默下來。真不知道對阿霖的自作聰明該說些什麼。

「虧你想得出來！」「簡直是白雪公主」忍不住笑出來，說：「你很有創意，不過，給你個建議，以後什麼工作都可以做，但就是不要去當國文老師比較好。」

大家笑成一團。我跟阿霖解釋道：「應該用『門可羅雀』這個成語。以前在漢朝有個翟公，在朝廷當官時，天天有訪客，賓客多到彷彿都塞不進大門。可是，丟官以後，卻忽然受到冷落了，大門前，空到竟然可以架起網子來捕雀。後來，這句話就用來形容訪客稀少的窘態。」

「這樣啊……我還以為那樣舉一反三，照樣造句就行了。」阿霖說。

我們經過一個轉彎以後，不久，眼前出現一道通行閘口。

這閘口非常特別，周圍種滿了各種美豔的鮮花，而且很多不同季節才會開的花，竟然在這裡一起綻放。

小茜走到花前，想要聞一聞花香，結果卻滿臉困惑。

「這花應該很香的，怎麼完全沒有味道？」

「忘了換電池吧。」「簡直是白雪公主」走到花圃前，蹲下來，用手撥了撥草叢，接著又從她身上的包包裡拿出兩個電池，塞進草叢裡。不到三秒鐘，濃郁的花香便撲鼻而來。

「要裝電池？」小茜很驚訝。

「當然啊，這些不是真花啊！看不出來吧！」

「假花？」

我們三個人確實嚇了一跳，走上前刻意摸了摸那些花，然而，摸起來的觸感跟真花一樣呀。「簡直是白雪公主」要我用力撕撕看花瓣，我照做了，結果，那些花瓣就像是塑膠花一樣，怎麼撕也撕不破。

「簡直是真花。」阿霖讚嘆。

「簡直是白雪公主」露出很滿意的笑容。

「很不好意思，因為我還有些事情，所以，走進這個閘口以後，我會派我的手下來接應你們。」她說。

我們點頭向她道謝與道別。她揮了揮手，突然出現一輛美麗的馬車，她上了馬車以後就揚長而去。

「雖然不是真的白雪公主，但漂亮的馬車還是有的。」我說。

「不，那只能說『簡直是馬車』而已。你們注意看，那匹馬的腳雖然會動，但其實馬腳下面有半透明的輪胎在跑。那是汽車。」

「啊！真的耶！」我跟阿霖驚呼。
我們三個人過了閘口，接應的人出現了。
那個「人」出現的剎那，我們又受到震撼了。
不只是因為他不是人，是隻動物。
而是因為，他「簡直是」卡通人物哆啦A夢。

門可羅雀

【成語的由來】漢．司馬遷《史記．卷一二〇．汲鄭列傳》
始翟公為廷尉，賓客闐門；及廢，門外可設雀羅。

【大牛愛解說】門前冷清，空曠得可張網捕雀。形容做官的人失勢後受人冷落、賓客稀少的景況。後亦泛指一般訪客稀少、門庭冷清的窘態。

【小茜連連看】門前雀羅、門可羅爵、門可張羅

【阿霖反過來】門庭若市、賓客如雲、賓客盈門、往來如織

眾志成城

我們的心，絕對不是一盤散沙！

真沒想到「簡直是白雪公主」離開以後，卻出現了這個「簡直是哆啦A夢」的卡通人物。

「接下來就由我哆啦A夢帶領各位。請大家跟著我往前走吧！」他說。

「為什麼是哆啦A夢啊？」阿霖問。

原本背對著我們的「簡直是哆啦A夢」忽然轉過身來，吃驚的看著我們。

「我是多少孩子的偶像，你不知道嗎？」

阿霖聽了以後，低下頭，偷偷的對我們說：

「他少了『曾經』兩個字。」

「噓！小聲點，他會聽到的。」小茜用手肘推了一下阿霖。

「不必了！我已經聽見啦！」「簡直是哆啦A夢」忿忿的丟出這句話來。

他聽起來很不高興，我們三個人立刻閉嘴，不敢再說任何話。

本來以為他會繼續發脾氣的，想不到過了幾秒鐘，他忽然長長的嘆了口氣，接著，甚至眼眶泛紅了，彷彿只差一點點，淚水就會奪眶而出。

「人家也是努力了啊！為什麼要這樣瞧不起人呢？難道我的努力都沒有人看見嗎？為什麼不能肯定我呢？」他哽咽的說。

他顫抖的聲音，令人覺得像是座快要潰堤的水壩，若是不小心觸動了，就會有一場大水災要來。

不知所措的我們，只好乖乖的跟著他往前走。

「但，總不能一直這樣漫無目的的走下去吧？」阿霖問我。

「我也知道啊。可是，他現在這個樣子，你敢問他嗎？」我回答。

「我看還是先不要比較好。他看起來好像很脆弱，萬一他情緒崩潰了，會有什麼事情發生，誰也不能預料。」小茜說。

我們點頭同意。

沒多久，「簡直是哆啦A夢」忽然開口。

「要去的地方，是要麻煩你們幫忙大掃除的。」

「大掃除？我想起來了，白雪公主也曾經跟我們提過，今天是他們的大掃除日。還說等到過年才大掃除，就會來不及。」我說。

「你還真把她當作白雪公主？她只是『簡直是白雪公主』罷了。哎呀，真是的，唸起來好拗口。」阿霖抱怨。

「是你自己發明的。」我說。

「唉，不過，我看是很難了……你們這些小毛頭。」「簡直是哆啦A夢」打量了我們一番，然後搖搖頭，再次哀愁的嘆起氣來。

「你別光看我們的外表就這麼說，」我像是被誤解了什麼似的，一直想要辯解：「我們三個人雖然看起來像一盤散沙，可是，我們的心，可永遠都是眾志成城的！」

「眾志成城？」「簡直是哆啦A夢」一臉狐疑。

「眾志成城的意思，指的是大家很團結。同心協力的力量，像是堅不可破的城堡那樣強大。」我解釋。

「眾志成城？光在嘴巴上說說，是靠不住的。」

「簡直是哆啦A夢」話中有話似的，又搖搖頭。

「不過就是大掃除嘛！需要多麼團結嗎？」阿霖又碎碎唸。

我們繼續往前走。

走在「簡直是哆啦A夢」的後面，我們不斷觀察他，在他的身上發現愈來愈多的破綻。

比如，哆啦A夢肚子上的萬能口袋應該是半圓形的，但眼前這個「簡直是哆啦A夢」的人物，萬能口袋卻是三角形。還有，哆啦A夢的雙手是兩粒球，沒有手指的，可是他卻有大拇指。更重要的是，哆啦A夢是貓，然而，走在我們前面的這位仁兄，他的尾巴根本不是貓尾巴。他露出了狐狸尾巴——真的是一條狐狸的尾巴。

一路上，阿霖因為這些發現而樂不可支。

除此之外，阿霖的眼力彷彿變得特別好似的，不停的發現沿路上許多山寨版的東西。例如，外型非常帥氣的黃金獵犬，被阿霖拆穿其實是臘腸狗假扮的；氣質出眾、皮膚細嫩的美女，被阿霖抓到她只是披上了一層外衣。

我提醒阿霖別再說了，因為，「簡直是哆啦A夢」一路上都不說話，我懷疑他全聽見了。不都說狐狸很狡猾的嗎？我真擔心他會採取報復行動。

同時，我心中也不停的想，明明是隻狐狸的他，為什麼要扮成哆啦A夢呢？而明明不是白雪公主，又為何模仿別人，隱藏自己的面貌呢？

這地方，所有的人事物都那麼的美，卻也那麼的假。

「好了，各位，終於到達現場了。」「簡直是哆啦A夢」指著前方。

一抬頭，看見大門外架著一塊牌子。

牌子上面寫著：為維護環境整潔，請定期清除偶像。

眾志成城

【成語的由來】《國語．周語下》

眾心成城，眾口鑠金。

【大牛愛解說】眾人同心，力量堅固如城。比喻團結一致，同心協力。

【小茜連連看】眾心如城、萬眾一心、眾擎易舉

【阿霖反過來】一盤散沙、烏合之眾

掩耳盜鈴

你身上的鈴鐺，我可沒有偷唷！

難道這地方，只要大家想變成偶像，就辦得到嗎？是不是因為這樣，才會演變成偶像過剩，像是掉落在地上的落葉，必須定期清除，否則就會愈積愈多？

「那就麻煩你們負責這個場地的掃除活動吧！」「簡直是哆啦A夢」說。

「這場地裡的人，都是等待被清除的？」我邊張望著裡頭，邊問他。

「更精確的說，是等待被清除的『偶像』。」他回答。

「他們為什麼要被清除？」我追問。

「你真傻！這麼簡單的道理都不懂嗎？如果所有的人都可以變成大明星，也就沒有所謂大明星的存在了。大紅大紫的明星，都是被不紅的小牌給襯托出來的。在我們這個國度，每個人都搶著想成為大家的偶像，可是，這當然是行不

通的。因此就必須定期清除不合標準的偶像，讓他們恢復成普通人。」

「清除的標準是什麼？」我困惑的問。

「簡直是哆啦A夢」忽然沉默了下來，不再多說。

「那麼，該怎麼清除呢？」阿霖問。

「很簡單。」

「簡直是哆啦A夢」從他的萬能口袋（雖然是仿造的，但確實也能使用）裡掏出三根擀麵棍給我們。

「用這個清除偶像？怎麼用？」阿霖不解的問。

「哎，先別問那麼多，一起進去，讓我示範一次吧！」「簡直是哆啦A夢」說。

我們跟著他走進大門以後，驚訝的發現：在一片大廣場上，放了一整排籠子，大約有十多個，每個籠子裡都關著一個「等待被清除的偶像」。

但是，令人意外的是，籠子裡的那些人，完全看不出任何模仿的破綻。換句話說，籠子裡被關著的哆啦A夢、白雪公主、孫悟空、米老鼠、凱蒂貓，甚至是流行樂偶像歌手……簡直都比籠子外的這些偶像，更像是偶像。喔，不，

應該說，他們不是「簡直是」，而是「真的是」偶像。

「來，讓我示範一次如何清除偶像吧！」

「簡直是哆啦A夢」走到「真的是哆啦A夢」的籠子面前，將兩手緊握的擀麵棍，在對方眼前的空氣中，用力的上下滾動。忽然，籠子裡的哆啦A夢的雙腳，就扁平成一張紙片的厚度。接著他再使力滾動幾回，連身體跟頭都扁平了。

籠子裡的哆啦A夢（他其實也不是真的哆啦A夢，只是模仿得唯妙唯肖的哆啦A夢）這下子，變成了紙片哆啦A夢了。

「不要以為把我們給清除了，你們就能成為真的偶像！」紙片哆啦A夢說。

「沒錯。但是，只要你們存在，我們就注定一輩子當平凡人。世界上本來就該定期清除像你們這種過度完美的人才行。否則，我們這種從小被取笑笨、長得醜、又沒有人緣的傢伙，永遠不得翻身。」

「你們這麼做，只是自欺欺人，掩耳盜鈴罷了！你們不過也跟我們一樣是冒牌貨！」

「掩耳盜鈴？你身上的鈴鐺，我可沒有偷唷！」

「不是啦，」我忍不住幫忙解釋：「掩耳盜鈴的意思是，有人想要偷走一口大鐘，卻因為太重搬不動，於是決定當場擊碎它。但是他不知道怎麼解決敲擊時發出的聲響，於是就摀住耳朵，以為自己聽不見了，別人也聽不到。這句成語後來就用來比喻：偷偷摸摸的做某件事情時，以為按照自己的方法，就不會有人發現。事實上，這個人的所作所為，在別人眼中明明是很愚蠢的。」

我很有成就感的解說完畢以後，發現「簡直是哆啦A夢」氣到臉都歪了。

可不是開玩笑的，他是真的生氣，氣得妝都垮了。

瞬間，他的臉龜裂開來，哆啦A夢外貌的臉孔像是地震斷裂的地皮，開了兩半，露出他的真面目來。他張著長長的狐狸嘴巴，忿忿的大喊：

「愚蠢？你們敢說我愚蠢！」

真沒想到最後激怒他的人，竟然是我。

他忽然把擀麵棍往天上一揮，擀麵棍落下來的瞬間，突然變成一個大鐵籠，快速朝著我的頭頂墜落。

完蛋了，這下完了！我閉上眼睛，聽見砰的一聲，地面微微搖晃了一下。

我睜開眼，竟然看見被套進籠子裡的人是——

阿霖。

掩耳盜鈴

【成語的由來】《呂氏春秋．不苟論．自知》

百姓有得鐘者，欲負而走，則鐘大不可負。以椎毀之，鐘況然有聲。恐人聞之而奪己也，遽掩其耳。

【大牛愛解說】「掩耳盜鈴」的「鈴」，典源作「鍾」。「鍾」同「鐘」。盜鐘時，怕鐘所發出的聲音會引他人前來搶奪，因而急忙掩住自己的耳朵。後用以比喻妄想瞞騙他人，結果卻只是欺騙自己而已。

【小茜連連看】掩耳盜鐘、自欺欺人、掩目捕雀、掩鼻偷香

【阿霖反過來】計出萬全

赴湯蹈火……

附什麼湯啦！這時候你還想著吃的？太不夠意思了！

為什麼是阿霖被關進籠子，而不是我呢？

在籠子裡的阿霖顯然受到了很大的驚嚇，整個人呆若木雞，完全不知所措，沉默並且無助的趴在鐵欄杆上望著我們。

「為什麼要把阿霖關起來？」我轉向露出真面目的狐狸精說道。

這隻狐狸精已經完全豁出去了。原本套在他身上的哆啦A夢皮囊，現在像是脫了皮一樣，鬆鬆垮垮的，在他的腳踝堆擠成一團。

狐狸精突然用力的往地上跺了一腳，我感覺到天地頓時搖動了一下。

「他自以為是偶像，不是嗎？我受夠了他！一路上不斷在我背後說我壞話，不斷嘲笑我們這個國度的一切。我不作聲，不代表我不生氣。然而，我不生氣，

就會不斷被他這樣的人欺負。所以，我真的受夠了！」

果然他都聽見了，我的預感沒有錯。

「他不是有意的，請放了他吧！」小茜替阿霖求情。

「這樣啊……我其實也只是想給個警告罷了，不會真的要對他怎麼樣的。這樣吧，你們兩個就代替他，一起完成你們本來就該完成的掃除活動。工作做完後，我就會放他出來的。」狐狸精揚了揚嘴角，不懷好意的說。

老實講，狐狸精的話，怎麼能相信呢？可是，我們別無選擇。

當我跟小茜拿起擀麵棍的剎那，籠子裡那些被關起來的其他「偶像」紛紛叫喊起來：「不要清除我們！不要聽他的話！」

真的好為難啊。這時，籠子裡的阿霖又露出一副楚楚可憐的表情。

小茜站在原地不動，我只好硬著頭皮走到籠子面前，高高舉起擀麵棍，告訴自己什麼也別多想。最後，就在其中一個偶像鐵籠的面前，滾起擀麵棍來。

結果，不知道為什麼，我並沒有辦法像狐狸精一樣，將對方擀成紙片。

「哎呀，你這個笨蛋！專心一點！不要懷著愧疚感，這樣會分心，就不會成

功的！」狐狸精氣憤的說：「真是的，我可是沒什麼耐性等你了！我看，還是我自己來吧！」他飛快的衝向鐵籠前，用簡直可追上閃電似的速度，不到三秒就把籠子裡的那些偶像全擀成了紙片。

「啊！不好了！」小茜指著鐵籠大叫。

「喔喔，真是不好意思，速度太快，失手啦！」狐狸精奸詐的笑起來。

阿霖也一起被擀成紙片了。

「大牛，快點想想辦法啊！」

變成紙片的阿霖，整「張」人趴在地上，像是一片人形看板。不過，雖然是靜止的圖像，他仍然可以說話。

不只能說話，還能哭出聲音來。

是的，哭。我聽見，表情凝結成靜止照片的阿霖，他哭了。

看見這突如其來的變化，我也慌了手腳。自從我認識阿霖以來，他都是個很有自信的傢伙，從來不覺得「哭」這個字眼會跟他發生關係。

「一定、一定的！你不要哭！我赴湯蹈火，都一定會想辦法救你！」

「附什麼湯啦！這時候你還想著吃的？太不夠意思了！」

「不是啦！赴湯蹈火的意思是，不管過程和結果有多麼危險，為了完成目標，都會努力堅持下去。」

「那你就快點火，快附湯啊！」

顯然阿霖還是沒搞懂這句成語的意思。

「要湯是吧？要火是吧？好啊，那就給你們來一點吧！」

狐狸精在一旁煽風點火，只見他用力甩起他的狐狸尾巴，轉瞬間，在一陣大風之中先是下了一陣大雨，緊接著雨停了，地上溼成一片，又從天空掉下幾粒火球來。火球落到遠方的地面，傳來嘩啦的一聲，冒起熊熊的烈火。

「地上都是水，怎麼還能起火？」小茜狐疑的問。

我彎下腰，用手指沾了沾地面上的水，嗅聞一番。

「這不是水，是油。」

「好好體驗一下啊！這火可是我精心研發的，只會燃燒紙片，不會燒死活人。所以，你們兩個活人，記得待會兒好好把紙灰掃除乾淨哪！這將是一場最

『熱情』的大掃除。哈哈哈！再見了，各位。」

狐狸精旋身一躍，消失在空中。

火苗像是長了腳一樣，迅速的往我們和鐵籠的方向飛奔而來。

赴湯蹈火

【成語的由來】《漢書．晁錯傳》

故能使其眾，蒙矢石，赴湯火。

晉．稽康〈與山巨源絕交書〉

長而見羈，則狂顧頓纓，赴湯蹈火。

【大牛愛解說】甘願奔投至烈火沸水當中。比喻為了達成目標，不懼怕任何艱難和危險，奮不顧身向前行。

【小茜連連看】奮不顧身、出生入死、粉身碎骨、肝腦塗地

【阿霖反過來】畏縮不前、貪生怕死

烏合之眾

我們絕對不是烏合之眾！這是第一次，我感覺到自己充滿闖關的幹勁。

每一個火苗都像是在賽跑似的，不過幾秒鐘的時間，就撲向我和小茜面前。我們完全來不及逃跑，只感覺到空氣的溫度剎那間向上狂飆，接著，就在小茜尖叫起來的瞬間，火舌吞噬了我們。

然而，就像狐狸精所說的那樣，火焰穿過我們的身體，但我們完全沒事。

「啊！好痛！」這會兒，換我叫了起來。

「你被燒到了嗎？可是我沒感覺！」

「不是，是你把我抱太緊了，好痛！」

這時候小茜才發現，自己在驚慌之中緊緊的抱住了我。

小茜害羞的漲紅了臉，趕緊從我身上跳開。

「啊，快點！火要燒向鐵籠了！」我說。

「怎麼辦？」

「用救命的撲克牌吧！」

我從背包掏出了撲克牌，許了個願，突然間看見那幾乎要燒向鐵籠的火焰，神奇的從鐵籠邊散開來，衝向天空，散成一朵朵絢爛的煙花。

不久，鐵籠打了開來，包括阿霖在內，所有的紙片人都解脫了。

「解脫個鬼啦！」阿霖聽到我說「大家都解脫了」時，忍不住抱怨起來：「你許願，只是讓我們沒著火罷了，不會順便讓我恢復人形嗎？這樣有什麼差別呢？」

我確實在混亂之中忘了許這樣的願。

「阿霖，大牛為了你，用掉了他那張撲克牌的許願機會呢。」小茜說。

「啊，你提醒了我，每個人手上的撲克牌，都只有兩次許願機會。我已經用光了。不對，記得嗎？應該還有一次。只不過，第三次的許願機會，同時也會

讓許願人失去一樣東西。我記得是這麼說的。」我說。

「對。如果不算第三次，那麼我跟阿霖都還各有一次機會。」小茜說。

「小茜，那你快用你的撲克牌救我吧！我整個人，包括背包都被壓成紙片了，也沒辦法拿到我的撲克牌。」阿霖說。

小茜點頭說好。可是，她怎麼找，就是找不到她的撲克牌。

「我想起來了！上次我把撲克牌暫放到你那裡，你還沒還我呢。」

「糟糕了！那你的牌也在我的背包裡，拿不出來了。」

我聽見阿霖又哭了起來。

「總而言之，趕緊先離開這裡吧！」我說。

「那我怎麼走啊？紙片人是沒法子走路的。」阿霖難過的說。

我跟小茜四目交會，彼此點了點頭。

我把變成紙片人的阿霖捲了起來，插進我的後背包裡。小茜則把其他的偶像紙片人捲在一起，放進她的背包中。

「我們這群烏合之眾，勢單力薄的，真有辦法解除這個困境嗎？」

捲在小茜背包裡的其中一個偶像，憂傷的說道。

「要真的是烏合之眾，那還算好呢！可是，我們哪能稱得上是『眾』呢？能稱為人的根本只有這兩個小毛頭哪！」

「烏合之眾是什麼意思？」另外一個紙片人問。

「烏合之眾就是比喻毫無組織跟紀律的一群人，成不了氣候的意思。」

「那就是我們啦。哎呀，該不會一輩子都是人形看板吧？」

「你別自抬身價了！人形看板至少紙質比較好，是厚紙板做的。我們只是一張薄薄的紙罷了，放在地上立不起來，只能被捲在背包裡，比春捲還不如。」

「春捲！我最愛春捲了！現在我們這樣怎麼吃東西哪？乾脆剛剛一把火把我們給燒掉算了。」

捲在小茜背包裡的紙片人七嘴八舌的，很是吵雜。倒是阿霖此刻變得很沉默。我想，是因為聽到他們的抱怨而變得更憂鬱吧。

「阿霖，你不要擔心，我們絕對不是烏合之眾。我跟小茜無論如何都會想辦法救你的。」

我安慰起可憐的阿霖來。

「嗯。謝謝，麻煩你們了……」

阿霖簡直變了一個人似的。看見他這樣，我心裡比他還難過。

我們離開那裡往前走。這是第一次，我感覺到自己充滿闖關的幹勁。因為我知道，唯有迎向挑戰，才能成功解救阿霖。

烏合之眾

【成語的由來】《後漢書．耿弇傳》

歸發突騎以轔烏合之眾，如摧枯折腐耳。

【大牛愛解說】像烏鴉般聚在一起的一群人。比喻暫時湊合，無組織、無紀律，毫無計劃、臨時組合的一群人。

【小茜連連看】瓦合之卒、一盤散沙

【阿霖反過來】眾志成城

以卵擊石

拿著一敲就會破掉的雞蛋，去丟硬得不得了的石頭。

一直想在未來成為名模偶像的阿霖，怎麼也料不到，有一天，他會被所謂的一群偶像給惡整吧。

「這下子我再也不用節食了。」阿霖說。

「是啊，你現在真的是紙片人了，還有可能更瘦嗎？」

我轉過頭，看了看捲在我背包裡的阿霖。

我們憑著直覺走，雖然完全不認識路，但仍希望遠離這個所謂的偶像國度。

過了不久，正當小茜說她肚子餓時，就幸運的看見了一間麵包店。

「在這奇怪的國度裡，忽然出現一間麵包店，感覺就是陷阱。」我說。

「可是沒有其他選擇了。我肚子真的很餓呢。」小茜說。

「好吧。不管怎麼樣，去看一看吧。」

這是一間很普通的麵包店，店員看起來也很正常。我們買完麵包（後來回想起來才納悶，我們的錢在這裡完全能夠流通），離開了店家，繼續往前走了一會兒，看見眼前有座小公園。

小茜想進去坐下來吃吃東西，休息一下再上路。草地有些潮溼，找不到乾淨點的地方。「找個什麼東西，墊在草地上吧？我想坐一下。」小茜問我。

我環顧四周，實在沒什麼東西可以墊在草地上。最後，只好把背包裡的阿霖給抽了出來。

「不好意思啊，阿霖，借用一下。」

我把變成紙片人的阿霖攤開來，然後請小茜一起坐在上面。

「就知道你們一定對我很不滿。」阿霖抗議。我跟小茜忍不住笑了起來。

我還不餓，所以小茜一個人吃了麵包。吃完之後，因為實在太疲憊，兩個人不知不覺就睡著了。當我醒來時，小茜還在睡，阿霖也不作聲，彷彿也睡著了。原來紙片人不需要吃東西，但還是需要睡眠的嗎？真想不透。

終於，小茜醒來了。然而，當她張開眼睛看見我的剎那，整張臉慘白了起來，兩個眼睛瞪得大大的，什麼話也說不出來。

「怎麼回事啊，小茜？」

「奶奶？」

「奶奶？」

「奶奶，您為什麼會出現在這裡？」

「什麼奶奶？我是大牛啊！」

「您是奶奶啊。大牛去哪裡了？」

小茜從背包裡拿出鏡子來給我，結果，鏡子裡反射出來的我，真的不是我。大牛去哪裡了？鏡子裡出現的是一個老太太。我沒見過小茜的奶奶，但我想，我現在真的就是小茜的奶奶了。這時候我才發現，我連聲音也變了。

「小茜，相信我，我不是你的奶奶，我還是大牛。你千萬不要被騙了。一定是因為你剛剛吃了那個麵包的關係。你看，我沒有吃，所以我沒事。」

我指著放在阿霖上面的另外一塊麵包。

說也神奇，就在我指向麵包的瞬間，那塊麵包忽然間動了起來。就像是一塊黏土似的，自動揉啊揉啊，漸漸膨脹起來。不一會兒，麵包不知道膨脹了幾百倍大，竟然在我們的面前站起來變成一個人形。

「以為沒吃就沒事嗎？你太天真了！」那巨人說話了。

咦？好熟悉的聲音，那不是阿霖的聲音嗎？

巨人緩緩轉過身子來，他真的是阿霖！是放大了幾百倍的阿霖。

「啊？怎麼會有另外一個我，變得那麼巨大？」被我墊在草地上的阿霖醒來，看見眼前的巨人，感到不可思議。但是，當他注意到我時，更是大吃一驚。

「大牛，你變性又整容了？」

「你們少囉唆！」巨人一把抓起我跟小茜，把我們高高舉到半空中。

「怎麼辦啊？快想想辦法！」小茜緊張起來。

「我們現在可說是以卵擊石哪！就像是拿著一敲就會破掉的雞蛋，去丟硬得不得了的石頭一樣，一點機會也沒有。我們倆在這個巨人的面前，變得那麼渺小，而真正的阿霖又只能躺在草地上動也不動的，不管怎麼樣，都一定會失敗的吧……」我說。

「奶奶，您的身體承受得了嗎？現在該怎麼辦？」小茜關心的問我。

我沮喪的看著小茜，想說的話，卡在喉頭沒說出口。我……我真的不是你的奶奶啦。

以卵擊石

【成語的由來】《荀子．議兵》

經桀作堯，譬之若以卵投石，以指繞沸。

【大牛愛解說】拿雞蛋去碰石頭。喻自不量力或以弱攻強，結果必然失敗。

【小茜連連看】蚍蜉撼樹、螳臂擋車

【阿霖反過來】以碫投卵、泰山壓卵

望梅止渴

可惜我的想像力很差，想不出一株梅子樹。

雖然是以卵擊石，但無論如何還是得拚了命一試呀！

我忽然注意到這個從麵包變成阿霖的巨人，其實露出了沒藏好的狐狸尾巴。原來，根本還是那隻狐狸精。

以為他會立刻解決掉我們，沒想到，他就跟之前那個鱷魚老婆婆一樣，想用消耗體力的方式來折磨我們。

他把我們舉在半空中，動也不動。烈日之下，不到十分鐘，我們就已經滿身大汗，口也渴得不得了。

「能給我們一點水喝嗎？」小茜問。她一向怕口渴的。

「水？你們就望梅止渴吧！」

巨人話才說完，另外一隻手一揮，我們的腳下就長出一株梅子樹來。

「這下子還真是望梅止渴了。」我說。

「這是什麼意思？」小茜問。

「從前曹操在率領軍隊出征時，士兵因為口渴，找不到水喝，影響了士氣，曹操只好騙他們說：不遠處就有一片梅林，梅子又酸又甜的，很快就能解渴了。結果，士兵們一想到又酸又甜的梅子，就流出口水來，感覺不那麼渴了。意思就是：我們只能用空想，來滿足自己得不到的東西。」我解釋。

「可惜我的想像力很差的。」小茜的肩膀垮了下來。

人們都說狐狸狡猾。被巨人握在手裡的我，認為若是硬用蠻力對抗他，是絕對不會成功的。所以，我決定展開心理戰術。

「帥氣的阿霖，你說吧，你到底需要什麼？」我笑著問巨人。

「喂，老奶奶，我才是阿霖哪！」躺在地上的紙片阿霖不平的說道。

忽然，巨人的臉上閃過一抹得意的笑容。看來，他真以為我相信他就是阿霖了。偶像不都是需要被肯定的嗎？受到肯定了，誰都容易自滿。

轉瞬間，巨人開始縮小，原本被舉在高空中的我們也被放到了地上。最後，不到幾分鐘的時間，巨人恢復了正常人的身高；更精確的說，變成了阿霖的身高。這下子，除了那條狐狸尾巴之外，他真的跟阿霖一模一樣了。

「要什麼，都願意給？」狐狸問，臉上掛著暗藏玄機的笑容。

我點點頭，補充說：「但是你必須讓所有的人恢復正常。不管是我，還是紙片人。」

我避免說出「阿霖」這兩個字，目的是讓他認為，我覺得他才是阿霖的本尊。

「很好。你若是能實現我的願望，那麼我就保證讓你的願望也實現，而且讓你們安全離開這裡，到下一關去。」

「你想要什麼？」

「我要你殺了我。」

「啊？」我對狐狸的要求很驚訝。「殺了你？這是為了什麼？」

「我就站在這裡，不會逃走，」狐狸丟出一把閃亮的利刃到地上，說：「你過來殺死我吧。」

我完全沒料到是這個結果。這願望真是太詭異了，我不禁在想：狡猾的狐狸，真正的用意到底是什麼呢？

在他的催促之下，我緩緩撿起地上的刀子，向他走去。當我把刀子舉到他面前時，他真的佇立在原地，不為所動。

雖然我知道他不是真的阿霖，但要我殺死一隻活生生的狐狸，我也辦不到啊！還有，當我這麼近距離的站在他面前時，我發現，他實在長得太像阿霖了，因此我沒辦法做出任何傷害他的事情。

「我知道你下不了手的，因為我是你的偶像，不是嗎？你不可能對你崇拜的人下手的。」

「老奶奶，你不要聽他亂說，我怎麼可能是你的偶像？你快殺了這個冒牌阿霖吧！」紙片阿霖吶喊著。

狐狸確實說中了我內心的感覺。我一向以為阿霖什麼都比我好，長得帥、人緣好、有自信，對未來也充滿遠景。除了學校成績差以外（反正人不可能一輩子在學校裡的，因此無所謂），他確實算是我的偶像吧。

正當我猶疑不定時，那狐狸阿霖身手敏捷的抓住了我。我手上的刀倏地掉在地上。這時候，我看見刀刃上映照出的我，竟恢復成原來的我了。反倒是狐狸突然間變成了小茜奶奶的樣子。

「大牛？」小茜跟地上的紙片阿霖異口同聲的喊著。

他們到現在才搞清楚怎麼回事。

「撿起來，小茜。」變成老奶奶的狐狸對小茜說。

小茜惶恐的把刀子撿起來，一臉茫然。

「不然，就由你來殺死我吧。」

「我怎麼能殺死你呢，奶奶？」

兩手握著刀子的小茜，不停發抖。

變成老奶奶的狐狸奸笑著說：「我知道你也是不可能殺死我的。奶奶不也是你的偶像嗎？我親愛的小茜。但是，為了你的同伴著想，快來殺死奶奶吧！」

小茜的刀子落到地上，她望著狐狸，抽搐著哭起來。

糟糕了！小茜真的被狐狸說服，認為眼前的人確實是她的奶奶。

就在狐狸得意的狂笑起來時，小茜突然衝向狐狸，把我給嚇了一跳。小茜整個人抱住了狐狸。「奶奶，我好想你！但是……」小茜話說到一半，嘴巴竟往狐狸的手臂上，用力咬下去。

「但是你不是我的奶奶，你只是隻狐狸！喔，不，應該說，你只是個狐狸精寄居的麵包罷了！」

小茜嘴裡吐出一塊咬下的東西，當然不是什麼奶奶的肉，只是塊麵包。一陣煙從狐狸身上冒了出來，最後，煙散去了，只剩下地上一塊缺了一角的麵包。

我和小茜終於鬆了一口氣，一轉身，發現身後多了一群人。原來那些紙片人都恢復原形了，當然，也包括阿霖在內。

阿霖對我笑了笑，說：「到今天才知道，原來你的偶像……」

「閉嘴。」

我的臉瞬間紅了。

望梅止渴

【成語的由來】南朝宋．劉義慶《世說新語．假譎》

魏武行役失汲道，軍皆渴，乃令曰：「前有大梅林，饒子，甘酸可以解渴。」士卒聞之，口皆出水，乘此得及前源。

【大牛愛解說】曹操編造前方梅林結了很多果實，誘使士兵流出口水以解渴的故事。後用以比喻得不到東西，只好以空想來安慰自己。

【小茜連連看】畫餅充飢

【阿霖反過來】腳踏實地

第四章

失去

鷸蚌相爭

一網打盡，得來全不費工夫。

情緒是會感染的。這幾天，每個人都輪流陷入一種情緒低落的接力賽。起初是小茜悶悶不樂，後來變成阿霖，最後是我。硬要問是什麼原因，卻又說不出來，我想大概是我們都感到疲憊了。

「說是一場特殊任務，可是，到底任務的目的是什麼，到現在都不知道。只是不斷有麻煩事出現。」我說。

「我有點想回家了。」阿霖說。

「回家以後，我們還會嫌生活無聊嗎？」

小茜的話，突然點醒了我們。

是啊，當初是因為我們嫌生活太無聊，所以才闖入了這奇怪的時空中。這

些日子以來發生的事情，若是在以前的現實生活中看來，肯定是覺得很刺激有趣的。可是為什麼真正身處其中時，反而不覺得是享受了呢？

離開偶像國之後，我們朝著眼前唯一的道路向前行，當天就進入了一個新的城鎮裡。一踏進這座城鎮以後，我發現情緒低落的接力棒又落到了小茜的手上，只不過，這一次，她不算是情緒低落，而是有點自暴自棄。

「阿霖想回家，我卻幫不上忙，真是太糟糕了。」

「是不是因為我是女生，你們覺得像是拖油瓶，所以才開始厭惡這場冒險呢？我對不起大家。」

不管我們怎麼跟她說，不是她的關係，她仍堅持是她的錯。

「會不會是因為我的臉，所以給大家招來了厄運呢？」

當小茜照著鏡子說出這句話時，我們終於明白，小茜的自暴自棄是來自她的唇顎裂。原來，她始終還是那麼在意，那麼的沒有自信！

「如果想回家，能不能使用撲克牌呢？」阿霖忽然想到。

「可以試試看哪！」我說。

「用我的這張吧。」小茜把撲克牌拿出來。

「不不不！既然是我提議的，就用我這張吧！」阿霖也把他的牌拿出來。

「不包括第三次的話，我還有一次許願機會。讓我來！」小茜堅持。

「我也還有一次機會啊，還是讓我來吧！」阿霖說。

「我為大家帶來那麼多麻煩，說什麼都該是我才對。」

「小茜，你真的沒有錯！我是男生，我應該多做一點事的。」

結果，兩個人各自拿出自己的牌，互不相讓。

就在我想請他們別再爭吵時，突然間，天上閃出一隻烏鴉來。

這烏鴉身形巨大，卻非常輕盈敏捷的往他們的方向衝下來。烏鴉的嘴看起來相當尖銳，要是戳到頭的話，可不是開玩笑的。

「小心！快跑開！」我大喊。

可是，他們兩個人根本沒注意到我。突然，那烏鴉就在幾番振翅之後，倏地撞向他們，兩人發現時已經來不及了，雙雙被烏鴉擊倒在地。

「天啊！有沒有受傷啊？」我擔心的衝到他們身旁。

「沒事、沒事。」他們說。

所幸，烏鴉並沒有刺傷他們。

「啊！我的牌！」

抬頭一看，天上的烏鴉叼走了小茜的撲克牌。

「這下子可真是鷸蚌相爭了。」

「什麼意思？」

我苦笑起來，解釋著：「鷸蚌相爭，漁人得利。海岸的鷸跟蚌互相爭奪，恰好被漁夫看到，於是一網打盡，得來全不費工夫。就像是你們兩個互不相讓，吵起來，最後誰也沒得到好處，反而讓其他人撿到便宜。」

這下子，小茜更自責了。

鷸蚌相爭

【成語的由來】《戰國策．燕策二》

鷸曰：「今日不雨，明日不雨，即有死蚌。」蚌亦謂鷸曰：「今日不出，明日不出，即有死鷸。」。

【大牛愛解說】比喻雙方爭執不相讓，必會造成兩敗俱傷，反讓第三人獲得利益。

【小茜連連看】鷸蚌相危、漁人得利、蚌鷸爭衡

【阿霖反過來】相安無事、和平共處

忠言逆耳

實話往往聽起來刺耳，不容易被接受。

因為小茜和阿霖的鷸蚌相爭，反倒讓天外飛來的烏鴉得利。小茜平白無故失去了她的撲克牌，不只第二次許願的機會浪費掉了，這下子，就連救急時備用的第三次許願機會也沒有了。

這個意外事件，讓最近突然變得很自暴自棄的小茜，情況更加嚴重。

「小西，沒關係啦，你不要這麼自責。就用我的牌來許願，希望我們能回到原來的世界吧。」阿霖安慰小茜說。

「可是，阿霖，你真的覺得會成功嗎？要這麼冒險嗎？」我懷疑。

「不試試看怎麼知道呢？」

「這副許願牌可能只是針對任務而存在的。我的意思是，冒險任務裡遇到的

事件或許可以用它來化解，但並不能用它回到原來的世界。就好比我們應該也不可能對著撲克牌說：『請立刻讓我們達成最終任務』吧？」

「我相信是可以的！」阿霖拍拍胸脯。

「我擔心萬一不成功，反而白白浪費了一個許願機會。因為現在只剩下你還有一次機會，接下來若要再許願，就會動用到你的或是我的第三個願望了。」

「不會。這許願撲克牌那麼神奇，我直覺認為許什麼願都會實現。只要把願望說清楚一點，就不會發生之前的烏龍狀況。」

「阿霖，雖然忠言逆耳，可是我還是想要告訴你，你有時候太相信自己了。」

「忠言逆耳是什麼意思？」

「就是實話都是比較直接，沒經過修飾的。所以對方聽起來，往往會覺得很刺耳，不容易被接受。」

「我真的是這種人嗎？不會吧？你搞錯了！我怎麼會因為別人對我說了實話就生氣呢？不可能！」

「你現在不就生氣了嗎？」

阿霖尷尬的漲紅了臉。

「真是對不起，一切都是我的錯。」

小茜說。她看了看我們，喪氣的垂下頭來道歉。

我們繼續往前走。可能是愈來愈接近鬧區的關係，路人也愈來愈多。

當我正在思索「這又會是一個什麼樣的地方呢？」的時候，突然覺得每個路人的表情都怪怪的。到底是怎麼個怪法？我一時也說不上來。

思考了非常久以後，我終於得出了結論，那就是：每個人的表情，都跟小茜的表情很相似。不是以前那個我所熟悉的小茜，而是最近突然變得很自暴自棄的小茜。他們的表情幾乎是同一個模子打造出來的——每個人看起來都好沒自信！

我們走進一間外觀看起來還不錯的民宿，打算今晚住在這裡。

民宿老闆一見到我們來，並且聽到我們希望在這裡住宿的時候，臉上露出相當惶恐的模樣。

「真的要住在這裡嗎？」老闆用一種勸戒的口吻說：「我覺得您們一定能夠

找到更好的地方的！」

「嗯？您的意思是……」我有點困惑的問：「不太歡迎小孩子住宿嗎？我們不會吵鬧的！」

「不不不！您們看起來比同年齡的孩子成熟懂事。絕對不是客人您們的問題，問題在我們。我們民宿真的非常不好，真的很糟糕！像您們這樣看起來前途無量的孩子，絕對是國家未來的棟梁。只是我真的沒有自信能夠好好接待您們。我很擔心我們這種品質太差的民宿，會帶給各位不愉快的回憶。若是影響到各位日後的心靈成長的話，將會是社會、民族與國家的損失。」

民宿老闆說完以後，我們呆呆的看著他。

「有……這麼嚴重嗎？」阿霖在我耳邊說悄悄話。

這時，非常令人意外的，一旁的小茜竟突然哭了出來。

「不！老闆！請不要對自己那麼沒有信心。您看看我的長相就知道了，這世界上最沒有自信的人，應該是我才對。」

我還來不及去思索為何小茜變得那麼激動時，旁邊出現了幾個準備退房的

旅客。他們將房門鑰匙放到櫃臺上，對民宿老闆說：

「老闆，對不起，我們還是決定不住了。」

「是不是我們的房間出了什麼問題？」老闆問。

「不！您的房間很好。正是因為太好了，我們覺得沒有資格住進那麼美好的房間。我們實在不配住在這裡。」

天啊，這是什麼世界呢？偶像國裡每個人搶著當偶像，而這裡的人卻個個毫無自信，簡直自暴自棄到了極點。

但小茜不是這個國度的人，為何卻也變得跟他們一樣？

我的目光落在民宿老闆身後的一扇窗。

窗子的玻璃擦得十分明亮，窗外的景致因此也顯得特別清晰。我看著窗外湛藍的天空，抽絲似的卷雲，以及高掛在天空中的……太陽？

我揉了揉眼睛，閉起來，再睜開。沒有錯，我沒有看錯，那是一枚正方形的太陽。

忠言逆耳

【成語的由來】《韓非子．外儲說左上》

夫良藥苦於口，而智者勸而飲之，知其入而已己疾也；忠言拂於耳，而明主聽之，知其可以致功也。

【大牛愛解說】實話或勸戒因為不經過詞藻的包裝和修飾，聽起來總是刺耳，不容易被接受。

【小茜連連看】逆耳之言、良藥苦口

【阿霖反過來】花言巧語

肝膽相照

是什麼樣的照相技術，能把肝和膽都照出來？

一枚正方形的太陽，讓我發現了這是一個沒有圓形的世界。

不知道為什麼，在這裡，所有的圓形全變成了正方形。

遠自天上的太陽和月亮，近到日常生活中見到的各種物品，只要印象中應該是以圓形呈現的物件，全都變成了正方形。

投宿在終於願意讓我們過夜的這間民宿裡，我們三個人對這個現象深深感到不可思議，於是開始研究，究竟房間裡有多少東西從圓形的狀態中變了樣。

比如房間裡的花、電線、螺絲、寶特瓶和瓶蓋、杯子、燈泡、時鐘等等，果然沒有一樣東西是圓形的。

「連擺在書桌上的地球儀，也變成了方形。」阿霖說。

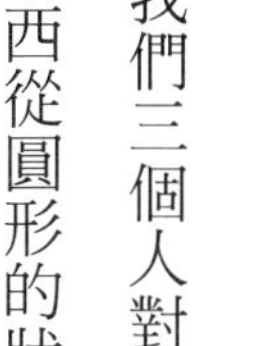

「就像是日本研發出來的方形西瓜一樣。」我說。

「你們看！還有牆上掛著的達文西（Leonardo da Vinci）名畫〈蒙娜莉莎的微笑〉（Mona Lisa），原本圓潤的臉龐，竟然也變成了正方形的臉。」

「真不敢相信！這是個沒有圓形的世界，連圓臉都消失了。」

第二天，我們準備退房時，忍不住詢問了民宿老闆，為什麼這裡所有的圓形都消失了。詭異的是，當民宿老闆一聽到這個問題時，整張臉立刻沉下來。沉默了一會兒，他才終於以非常哀戚而抱歉的口吻說：

「真的非常抱歉，讓你們在這裡住宿，卻想起這樣不愉快的事情。」

「不愉快的事情？您是說沒有圓形這件事嗎？」

「喔！」老闆緊張的連忙擺手搖頭說道：「我請求您別再多說關於圓形的事情了。老實說，要是圓形真的還存在的話……」

老闆說到一半，突然停住了。我們屏息等待了好一會兒，他才終於繼續說下去。

「唉，要是圓形真的還存在的話，我們真的沒有自信能夠照顧好它們，並且保證它們存在得很有意義。所以，也許消失了，對圓形來說是一件好事吧。」

沒有自信能照顧好圓形？這說法真令人傻眼。

「像你們這樣肝膽相照是很了不起的，是最好的。要繼續保持下去啊！」老闆說。

「肝膽相照？是什麼樣的照相技術？連肝和膽都能照出來喔？」阿霖問。

「不是的。肝膽相照是比喻非常講求義氣的好朋友，對待彼此很誠心誠意，就像是人體裡的肝臟和膽囊兩者緊緊相靠的意思。」民宿老闆解釋。

我忽然問老闆：「老闆，您的意思是，肝膽相照跟圓形的消失，有什麼樣的關聯嗎？」

老闆的表情突然又嚴肅起來，彷彿有什麼難言之隱。

「其實，我一點用都沒有，根本沒辦法與你們肝膽相照的。」老闆尚未開口，站在一旁的小茜卻打破沉默。

「你怎麼這麼說？」阿霖問。

「我也沒有自信存在於這個世界。也許我消失了，反而對大家都有益處。」

「小茜，別說這種奇怪的話。」我緊張的說。然後試著轉移話題：「走吧！走吧！我們趕緊出發，看看前面還有些什麼東西吧！」

當我和阿霖踏出民宿，小茜也準備走出來時，民宿老闆突然擋住小茜的路，將大門關了起來。

「怎麼回事？為什麼把小茜關起來！開門哪！」我和阿霖用力敲門。

只聽見民宿老闆從門後傳來一陣奸笑。

「這麼沒有自信的人，正是我夢寐以求的對象，我們是天生一對。」

「天生一對？你別胡說八道了！我們還是小孩子耶！」

「從小就那麼沒有自信，將來一定更沒有自信。這就是我要的。」

「小茜才不會喜歡你這種人！」阿霖生氣的說。

「我們肯定是天作之合。這麼沒有自信的女孩，最適合跟沒有自信的我一起生活！這恐怕是我這輩子唯一有自信的事情了。哈哈哈！」

我和阿霖奮力的想踹開大門，可是完全沒有辦法。最後，阿霖只好從背包裡拿出他的撲克牌，許下了他第二個願望。

肝膽相照

【成語的由來】《史記・淮陰侯列傳》

臣願披腹心，輸肝膽，效愚計，恐足下不能用也。

宋・趙令畤《侯鯖錄》

同心相親，照心照膽壽千春。

【大牛愛解說】以肝膽互相照見。比喻誠心誠意對待彼此，十分講求義氣，是謂真心好友。

【小茜連連看】披肝瀝膽、推心置腹、坦誠相待、推誠相與

【阿霖反過來】鉤心鬥角、各懷鬼胎、爾虞我詐、虛情假意

攀龍附鳳

見到牠們，跟著牠們，就會有好事發生。

一時煙霧四起，不久，原本牢不可破的大門，忽然變成一張薄紙似的，輕輕一戳，就整個破掉。

我和阿霖立刻鑽進門裡，然而，踏進來的這個空間卻和幾分鐘前的完全不同了。明明剛才還是民宿的樓房，如今，卻變成巨型迷宮（當然不可能是圓形的迷宮）。正方形的太陽，在迷宮的上頭發散著熾熱的光。

「我真的不相信你們能走出這個迷宮，救回你們的好朋友，喔，不，是救回我未來的妻子。小茜，跟著我，我會讓你每天吃香喝辣，過上流社會的生活。」

從迷宮的遠方，傳來民宿老闆幽幽的聲音。其實他根本也不是民宿老闆吧。不知道這次又是什麼東西化身的怪物。

「真令人作嘔。小茜絕對不是那種攀龍附鳳的女生。」我說。

「攀龍附鳳是什麼意思？」阿霖問。

「龍和鳳，在古代都是極為富貴和幸運的象徵，彷彿見到牠們，跟著牠們，就會有好事發生。因此，後人就用來形容刻意依附和討好有權勢或有財富的人，目的是希望自己的地位也能跟著高升。」

「對，小茜不是這種人。況且那個民宿老闆太噁心了，根本配不上小茜。」阿霖忿忿的說。

那麼誰配得上小茜呢？聽到這句話的我，卻忽然胡思亂想起來。我想問阿霖，你覺得我們兩個人當中，誰和小茜比較相配？是你，還是我？

我不知道我為什麼會有這些想法。可是，這念頭確實浮現了。

「你剛剛許了什麼願？」我真正問出口的，卻變成這句話。

「穿牆的能力。」阿霖回答。

「喔？所以，現在這個迷宮我們也可以自由穿梭囉？」

「理論上是這樣的。」

我和阿霖踏進迷宮之中，發現有了穿牆術之後，真的就能任意穿梭了。因此，我們完全不會受到牆壁的限制，前後左右都能自由移動。

「像我們現在這樣，迷宮根本不存在了啊！」阿霖得意的說。

「不過我卻更加迷惘了。因為原本按照迷宮穿梭，還可以選擇想走哪條路，可是現在可以自由穿越，反而像是被丟進一片大海裡，完全失去了方向感。」我說。

不只如此，這迷宮中的地板還不斷閃出奇異的光芒，讓人看得好刺眼。一開始我以為只是純粹的光線，後來低頭細看，才發現那刺眼的光芒之中，閃動著模糊的畫面。

那畫面裡出現的不是別人，正是我自己。

阿霖看見的是他，我看見的是我，人像雖然不同，主題卻是一樣的。

我們不斷的在地板上看見過去的自己，看見自己在日常生活裡犯的錯。甚至一些不太願意想起的往事，也被放映了出來，讓我覺得好害臊。

「大牛，看見自己那麼幼稚，我覺得我沒有信心繼續去闖關了。」阿霖沮喪的說。

「不要被這地板的光影給影響了！如果我們因此失去了自信，就中計了，也無法拯救小茜。本來每個人都會犯錯嘛。何況我們還是小孩子，還不太懂事呀！重點是我們犯了錯，要學習下次別再犯同樣的錯，不就好了？」

阿霖呆呆的看著我好久，才終於吐出一句話來：「你好老成喔！一點都不像是小孩。」

真是氣死了。鼓勵他，反而被他嘲笑。

好不容易，我們終於走出了迷宮，踏進一個陰涼的地窖。

「終於走出迷宮了。」阿霖說。

「你確定嗎？」我懷疑。

這地窖是用一塊塊小磚砌成的建築。我們走近那些磚塊一看，發現每個磚塊上都刻有名字。

「大牛，你看！是小茜的名字！」

接著，我們在刻著小茜名字的磚塊旁，又發現兩塊刻著模糊字樣的磚塊。

很努力的辨識以後，發現那正是我和阿霖的名字。

「為什麼我們的名字那麼模糊？」阿霖問。

「不知道。我不知道這些磚塊究竟是什麼？」我搖頭。

就在這時候，地窖裡傳出鬼魅般的笑聲。回音很強，令人全身起雞皮疙瘩。

「你們兩個只要再努力一點，磚塊上的名字就會愈來愈清楚了。到時候就能跟小西一起作伴啦！」

「這些東西是什麼？」我大聲對空氣喊叫著。

「自信。每一塊磚塊都封著一個人的自信。」

「自信？我懂了。這國度裡所有人的自信，都被你扣留在這個地窖裡了，所以每個人都活得那麼垂頭喪氣的樣子，好像自己永遠做不成什麼事情，好像自己永遠對不起別人。」

「扣留？嘖嘖嘖。年紀輕輕，不要學著大人講出那麼刻薄的話來。我可不認為我是扣留他們的自信。我這叫做保管。這些人哪，本來就是沒什麼自信的。既然如此，乾脆徹底一點，變成完全沒有自信反而更好。」

「我們應該幫助沒有自信的人，建立他的自信才對啊。」

「你真是太囉唆了。沒自信的人，比起你來，好控制多了！」

「原來你就是想要控制大家！」

我的話才剛說完，整個地窖的磚塊就像魔術方塊一般，開始移動起來。

攀龍附鳳

【成語的由來】漢．揚雄《法言．淵騫》

攀龍鱗，附鳳翼。

【大牛愛解說】攀附著龍或鳳，比喻倚仗有聲望的人。後用以比喻巴結權貴，以求晉升。

【小茜連連看】附驥攀鴻、攀龍附驥、夤緣攀附、趨炎附勢、攀高接貴

【阿霖反過來】樂道安貧

門戶之見

老師沒教你們，要包容不同的意見跟想法嗎？

地窖像是魔術方塊一般的扭轉起來，我和阿霖完全無法站立，兩個人東倒西歪的，簡直變成萬花筒裡的碎片，被上下左右的丟來甩去。

「怎麼辦？再這樣轉下去，我快吐了。」阿霖說。

我頭昏腦脹的回答他：「不必等到吐，我就會先昏倒。」

「要不要試試看剛剛許的穿牆術願望，現在是不是還有效呢？」

「你要做什麼都可以！不要問我，我沒辦法思考了。」我真的快昏厥過去了。

阿霖拿出撲克牌來，努力默唸著心願，試圖逃脫這地窖的磚牆。可是，我們已經無法像剛才在迷宮裡那樣，可以自由來去了。

「我知道你們想做什麼！怎麼可能有這麼好的事情？」地窖裡又傳來鬼魅的

笑聲，「你們這些小毛頭的陽春技倆，最好別在我面前獻醜。」

「你沒有權利扣留這些人！」

「我說過我只是保管他們的自信，不是扣留。至於他們的身體，還是自由的。你們在街上不也看到了嗎？大家都變得那麼謙虛有禮，這樣不是很好嗎？」

「總之……快把小茜……還來！」

連我說出來的話，都被甩得斷斷續續的。

突然間，地窖不再旋轉了。我跟阿霖站在地窖的中央，看著不遠處有一道光從天井打了下來。光源中佇立著一個人，正是小茜。

小茜低著頭，還是一副垂頭喪氣的模樣。

我和阿霖朝她站的地方跑去，在快靠近她的時候，地面突然轟隆隆的移動，裂出一條寬大深長，根本跳不過去的溝渠。

「小茜！」我們大聲叫著。

終於，小茜抬起頭了。我們看見小茜的臉龐時，著實嚇了一跳。因為她的唇顎裂竟然消失了，就連手術後的痕跡也不見了。

這不是小茜心底最深的渴望嗎？一向對自己的面貌毫無自信的小茜，看見自己現在的模樣了嗎？可是，她卻仍然顯得悶悶不樂。

「別對我那麼有門戶之見。看，我不是壞人吧！」鬼魅般的笑聲，一聽就是笑裡藏刀：「我被你們的堅固友誼給感動了，決定不『保管』小茜的自信了。不但如此，我還送給她這份好禮呢！」

「門戶之見是什麼意思？」阿霖問我。

「就是對和自己不同派系的人有偏見，不輕易接受和包容的意思。」

「是啊，老師沒教你們，要包容不同的意見跟想法嗎？哈哈哈！」鬼魅般的笑聲繼續說：「看我是真的愛小茜吧！小茜，怎麼還那麼沒有自信的樣子呢？快轉身看四周的牆壁，看看你現在的容貌。」

四周的磚牆忽然變成閃亮亮的鏡子，反射出小茜和我們。

變得更美麗的小茜，看著鏡子中的自己，頭卻垂得更低了。

「我不要這樣的自己。」小茜說。

「怎麼回事？我不但把自信還給你，還讓你變得更美了呀！」

「雖然我總是因為唇顎裂的手術痕跡，覺得自己不夠美。可是，我想，已經過了這麼多年，它是我身體的一部分了。因為我有唇顎裂的關係，所以看見了這世界更多不完美的東西，也懂得體會跟包容他們。唇顎裂讓我變成一個……」

小茜停了一會兒，轉過身來看著我跟阿霖。

「變成一個真正沒有門戶之見的人。」

門戶之見

【成語的由來】《新唐書．韋雲起傳》

今朝廷多山東人，自作門戶。

【大牛愛解說】原指偏袒自己所屬門派的學說或理論，對其他門派則有偏見。後比喻對事情有先入為主的想法，並對出身於不同背景、派別的人，帶有偏見，不輕易接受。

【小茜連連看】一孔之見、一家之說

【阿霖反過來】持平而論、公論公議

彈丸之地

蛋丸之地？是有很多雞蛋，滾來滾去的地方嗎？

當小茜話一說完，她的五官居然緩緩的模糊起來。接著，不到幾秒鐘的時間，又漸漸清楚了。最後，她的嘴唇恢復成原先的模樣。小茜看見牆壁鏡子映照出的自己，終於露出了笑容。

「我回來了。」小茜打趣的說。

「你一直都沒有離開。」我說。

「兩位同學，現在沒時間演偶像劇。請回到現實來，告訴我，現在該怎麼辦？」阿霖對我們呼喊。

「這也是我想問的問題啊。我們現在還是被困在這個地窖裡。」我無奈的看著四周。

「而且跟小茜還是被一道深深的溝隔開來。」阿霖說。

「如果你們能逃脫，就先別管我吧！」小茜朝著我們大喊。

「那怎麼可以呢！我們是一起的，不能分離。」我說。

地窖裡再度傳來鬼魅的笑聲。

「哈哈哈哈！該怎麼辦，就讓我來告訴你們吧！」

轉瞬間，地窖又開始像是魔術方塊一樣，毫無規則的扭轉起來。我們三個人當然又被甩得東倒西歪，感覺天地旋轉，彷彿一切都要崩裂了。

最後，在一陣反胃中，地面裂開的那道深溝漸漸合攏了。

我和阿霖與小茜趁機趕緊跑向對方。可是，就在即將接觸到彼此之前，突然地面像是裝了彈簧一樣，用力一彈，把我們三個人彈進裂縫裡。兩片地面飛快的朝我們三個人合攏，將我們緊緊夾住。

「現在只要地面再一分開，我們就會掉進深淵裡了。」阿霖冒著冷汗說。

「真沒想到這小小的地窖，可以變出那麼多把戲來整我們。」我說。

鬼魅般的笑聲，這回笑得更誇張了。

「哈哈哈哈！是啊，別看我這彈丸之地，到目前為止，你們感受到的厲害，不過是一半而已呢。哈哈哈！」

阿霖悄悄的轉過頭來問我：「雞蛋的蛋丸之地？」

「不是，是子彈的彈。意思就是很小的地方。」我解釋。

「是啊，」小茜忽然對著空氣大喊：「確實是想不到這彈丸之地，也能容得下那麼大的大壞蛋！」

地窖裡的妖怪約莫是被激怒了，瞬間，我們眼前出現三塊漂浮的磚塊，開始對著我們閃起光芒來。每當光芒一閃，我們的身體就顫抖一下，然後又變得更疲憊。不久，那三塊磚緩緩出現我們三個人的名字。

我們的自信，開始一點一滴的被下載到磚塊裡去。

不可以！我不能失去我的自信！我在心中不斷告訴自己，抗拒自信被地窖裡的妖怪剝奪而去。

「失去自信也無所謂吧……」

漸漸失去自信的阿霖，開始講喪氣話了。

「嗯。就算是有了自信，我想我也沒有把握能夠好好運用。」

小茜也開始被影響了。

他們兩個人磚塊上的名字都愈來愈清楚，只有我的還停留在最初模糊的樣子。該怎麼終止這一切呢？這地窖裡的妖怪最怕什麼東西呢？那麼酷愛蒐集別人的自信，恐怕是因為自己很沒有自信。那麼，沒有自信的根源是什麼？他一定有什麼害怕的東西，只要我能想到那個能令他害怕的東西，他就會嚇得落荒而逃吧！可是，那會是什麼呢？

我環顧地窖，覺得這裡真是陰暗極了。地窖是一定不會有陽光的吧！陽光？我突然想到在這個國度裡的太陽是正方形的。不僅如此，所有的圓形，在這裡都消失了。

禁止的圓形。對了！這妖怪一定是怕圓形的，否則，不會想把這國度裡所有的圓形都變成方形。就連地窖裡的磚塊與格局，也見不到一個圓形。

「怎麼辦，那條裂縫……愈來愈大了。」阿霖說。

裂縫不再夾住我們。我們得用雙腳跟雙手撐著，才不至於掉下去。

「大牛，我快沒有力氣了……」小茜痛苦的說。

「好！讓我來試試看吧！」我點點頭。

接著，我用力一扯衣服，然後手掌往空中一拋，立刻發覺鬼魅不再嘻笑了，他尖叫起來，大喊：「不要過來！快走！」接著就是一陣又一陣的慘叫。

地窖搖動起來，那些鎖著許多人的磚塊頓時發出亮光。每個磚塊都冒出水氣來，最後像是一陣煙似的，一絲絲竄向外頭。最後，磚塊上的名字全消失了。

原本想要吸取我們自信的那三塊磚塊，同樣也冒出三道煙，分別鑽進了我們的身體裡。

「每個人的自信，都回到自己的主人那裡了。」小茜說。

不久，天空忽然掉下一個東西。

我上前撿了起來。

「是一個圓規，而且是壞掉的，整個形狀都歪掉了。」小茜看了看說。

「這東西，該不會就是整我們的怪物吧？」阿霖說。

「可能喔。也許是因為自己畫不出圓形來，所以變得很沒有自信。於是，想要吸收跟他一樣沒自信的人，好讓他覺得不孤單。」小茜說。
「而且因為畫不出圓形來，所以就對圓形產生了恨意，不准這國度裡出現任何的圓形。」阿霖附和著。
「問題是，有圓規精這種東西存在嗎？」我納悶。
「在一個不無聊的世界裡，就會存在。」小茜露出一抹意味深長的微笑。
不知道什麼時候，地窖忽然也不是地窖了。我們所站的地方，恢復成當初我們進來投宿的那間民宿。
我們走到街上，看見路人不再垂頭喪氣的走路；天空中的太陽，也恢復成圓形。當然，這國度裡所有被禁用的圓形也總算解禁了。
「對了，大牛，你剛剛用什麼對付圓規精的？」阿霖問。
「你並沒有用撲克牌備用的第三個願望，不是嗎？」小茜也很好奇。
我指了指我身上的襯衫。
「咦，少了一個釦子！」小茜問。
「沒錯。我只是用釦子去丟他罷了。因為我想到他可能是害怕圓形的，所以

就試試看用圓形的釦子去嚇他，沒想到真的成功了。」

「大牛真聰明！」

小茜和阿霖異口同聲的稱讚我。

我的臉漲紅了起來，彷彿今天的天氣特別炎熱。

彈丸之地

【成語的由來】《史記．平原君虞卿列傳》

此彈丸之地弗予，令秦來年復攻王，王得無割其內而媾乎？

【大牛愛解說】像彈丸一樣大小的地方。比喻面積非常狹小的地方。

【小茜連連看】立錐之地、方寸之地、一隅之地

【阿霖反過來】地大物博

第五章

選擇

道聽塗說

說得好像是真的一樣。其實，事情根本沒有經過證實。

離家的時間愈久，我們的身心也就愈疲憊。

我猜想我們三人都有那麼一點思鄉的心情，不過，沒有一個人敢把這念頭說出口。一來是深怕一說出來，會更加影響彼此的情緒；二來是，坦白說，這趟旅程是我們自己選擇的——是我們因為覺得現實生活太無聊，而自願接受的挑戰。

帶著複雜的情緒，我們繼續往前走。走著走著，不久，我們在半路上看見一群人，他們聚集在電視牆前面，不知道在討論什麼。

我們三個人好奇的湊上前。

「發生了什麼事嗎？」阿霖問。

聚集在螢幕前的那群人當中，有個長得十分俊秀的少年回過頭來。

「又有人要爆炸了。」

與其說覺得這句話很恐怖，不如說是被少年的表情跟聲調給震撼到了。

俊秀少年的臉龐覆蓋著一股好沉重的哀戚感。那說話的聲音非常的冷靜，但卻是一種冷到令人心寒的絕望感。

「哪、樣、的、爆炸？在『人』的身上？」

我一字一句很用力的發出疑問。

少年沉默不語，他的表情彷彿又更沉重了。

我的腦海裡忽然想起看過的電影情節，那種推理動作片裡人被綁滿炸彈，然後倒數到零，就會爆炸的畫面。

「既然說又有人要爆炸了，那麼，應該知道什麼時候會爆炸吧？」

我拐了個彎，繼續追問這問題。

「確切的時間你當然不會知道。就像是你一向不會知道『那些事情』是什麼時候發生的。總之，你知道會發生，但永遠是在發生以後才驚覺，真的就是這樣

『爆炸』了。」少年解釋。

小茜轉過身來，看了我一眼。她的臉上閃過一抹又噁心又惶恐的神情。

「請問你們從哪裡得到這樣的消息？」

那群聚集的人，包括少年在內，每個人都面面相覷，支支吾吾不知道在說什麼。最後，他們終於指派少年代表發言。

「我們也是剛才在路上聽到人家說的。應該是非常可靠的消息。」少年回答。

「這豈不是道聽塗說嗎？」我說。

「什麼意思呢？」少年問。

「道聽塗說的意思，就是在半路上聽到沒有什麼根據的事，卻當作是自己親眼看見的，甚至還說給別人聽。其實，事情根本沒有經過證實。」我解釋。

「所以，你是不相信我說的嘍？」少年依然一派冷酷。

「也不是不信，只是不知道該怎麼相信。」我說。

「是啊。怎麼人好端端的會爆炸呢？是什麼原因，你又不解釋。」阿霖說。

少年突然走到阿霖的面前，面對面的，距離非常近。

「就是會爆炸。」

少年指著阿霖的嘴巴：「就從這裡，爆炸。」

道聽塗說

【成語的由來】《論語．陽貨》

道聽而途說，德之棄也。

《漢書．藝文志》

小說家者流，蓋出於稗官，街談巷語，道聽途說者之所造也。

【大牛愛解說】在路上聽到一些沒有根據的話，不加求證就又在路途中說給其他的人聽。泛指沒有經過證實、缺乏根據的話。

【小茜連連看】以訛傳訛、街談巷語、齊東野語、無稽之談

【阿霖反過來】耳聞目睹、言之鑿鑿

棄暗投明

不喜歡黑暗，就表示不喜歡黑色，那他一定也討厭黑面琵鷺。

道聽塗說的這群人，原來從沒真的見過從嘴巴開始爆炸的人。

「雖然我們沒親眼看見身邊的朋友爆炸過，但總是能在新聞裡看到那些不幸爆炸的人。」少年說。

一切全是聽來的。究竟為何爆炸、怎麼爆炸、後果又是如何？這群人眾說紛紜，說了半天，我們也勾勒不出個所以然來。

不過「從嘴巴開始爆炸」這句話無論怎麼想，確實都令人毛骨悚然哪。

少年警告我們，如果現在能夠掉頭，那麼最好儘快離開。總之，儘量遠離這個國度是最好的。因為只要踏進了，就可能成為下一個被挑中「爆炸」的人。

「我們是這個地方的公民，所以想逃也逃不了。但是一旦踏進了我們的領

士，無論是不是本地人，都會被視為一份子。」

小茜害怕的說：「我看，我們還是趕緊走吧。」

我和阿霖點頭。可惜，當我們正準備轉身離開時，發現已經來不及了。

一張透明堅固的牆，擋住了我們的去路。天空中浮現出一個巨大而閃亮的箭頭，指著前方。那所謂的前方，指的就是會令人爆炸的國度。

我們知道，這已經是無可避免的任務之一了。

當我們跟著少年走進城門，經過一棟高樓時，樓面上的電視牆正播送著新聞。同時，街角地鐵入口的書報攤也放了成堆的報紙特刊。

「最新爆炸的人，今早出爐！」

所有的新聞都寫著類似的斗大標題。

我們買了份報紙，同時仔細看了看電視牆上播送的新聞。新聞正現場連線那位最新的「爆炸」人士。可是，這個人的外表看起來並無異樣。所謂的爆炸，並沒有在他身上出現啊。我們三個人相當納悶。

「怎麼會沒有呢？你們沒發現他一直講個不停嗎？情緒就像是炸彈爆炸般，

一發不可收拾。而且，只要稍微了解一下這些人的講話內容，就會明白他們講的話也像是爆炸以後的碎片一樣。」少年說。

「意思是說的話毫無章法，想法非常破碎嗎？」我問。

「沒錯。最恐怖的是，他們會黑白不分的情緒爆炸。」

電視牆上的爆炸人士真的沒有停過，滔滔不絕的講個不停。

「我們絕對不容許這位歌手棄暗投明！」電視上的他亢奮的舉起右手大喊。

老實說，他的模樣很像我老爸愛看的政論節目裡，那些所謂的政治名嘴。

「棄暗投明？」阿霖問。

「意思就是放棄黑暗邪惡的信念，投向光明正義的世界。」我解釋後，問少年：「可是我不懂，他說他不容許歌手棄暗投明的意思。歌手本來是黑道嗎？」

「哎。其實根本只是因為那個歌手出了一張專輯，歌名叫做〈我討厭黑〉而已。原本，歌詞說的是歌手討厭黑暗的感覺，結果這個人不知道吃錯了什麼藥，開始串聯一群同盟，到處攻擊他。最後，找上了最喜歡誇張新聞的電視記者投訴，他們說這位歌手不喜歡黑暗，就表示不喜歡黑色，那麼，在潛意識裡他們

就是看不起黑人，有種族歧視；還說他一定也討厭黑面琵鷺，是不愛動物，破壞環境的惡人；又說他身為公眾人物卻公開宣稱討厭黑，會讓所有使用黑色顏料的廠商、服裝公司、印刷公司倒閉，他是十惡不赦的罪人。」

少年說，最後歌手被迫出面道歉，並順水推舟的說，其實他唱他討厭黑，指的是討厭黑金與黑道。沒想到爆炸人士卻率領著擁護者反駁，指歌手自行連結到黑道與黑金方面，是他們完全沒想到的範圍，可見必有內情。他們告到法院，指稱歌手跟黑道與黑金必有掛鉤，才故意撇清關係。

「天啊，真的是情緒從嘴巴爆炸了。」阿霖皺起眉頭來說。

「根本是誤用了『棄暗投明』這成語吧？」小茜問。

「『棄暗投明』雖然是說放棄黑暗，迎向光明，但絕對不是這種用法啊！這是不是太誇張啦。他不去了解真正的意思，完全扭曲了原意。」

我搖搖頭。

就在我看著電視，搖頭的剎那，電視裡那位爆炸人士的眼睛忽然對上了我的雙眼。不知道為什麼，就在一瞬間，我感覺身體一陣不適。

棄暗投明

【成語的由來】明．許仲琳《封神演義．第五十六回》

今將軍既知順逆，棄暗投明，俱是一殿之臣，何得又分彼此。

【大牛愛解說】拋棄黑暗，投向光明。比喻在人生道路的抉擇上認清是非，選擇正道，放棄邪念。

【小茜連連看】改邪歸正

【阿霖反過來】自甘墮落

別有洞天

這裡明明是草原，不是洞穴啊！

原來，「人從嘴巴開始爆炸」是這個意思。我們終於明白了。

晚上透過少年的介紹，在他家附近找了間旅館住下。在房間裡看新聞時，看見過去幾位爆炸人士的訪問片段，他們正在談論對於最新爆炸人士的看法。

好笑的是，這些爆炸人士只有第一句話是跟這位抗議歌手「棄暗投明」的事件有關，接下來講的內容便偏離主題，完全不知道在生什麼氣。

這些人彷彿就像是什麼專家似的，在畫面的字幕上，他們的名字前都掛著「爆炸人士」的職稱。這些爆炸人士不只會亂用成語，就連一般的語彙在他們爆炸之後，也會被亂用。比如，之前有個作家寫了篇文章提到「踏青」這兩個字，竟然也被批評為作家不環保，鼓動讀者去踐踏青草坪。

踏青指的是去戶外郊遊，完全不是踐踏草坪的意思啊。

或許是被這些爆炸人士的荒誕言論給嚇到了吧，這一晚，我睡得不太安穩。耳中一直隆隆作響，身體被什麼東西充滿了，好想嘔吐，心裡很煩躁。

第二天，我們和少年碰面時，他忽然盯著我的臉，仔細觀察了好一會兒。

「喂！你還好嗎？看起來臉色不太好。」

「嗯，確實有點不太舒服。昨晚也沒睡好。」我說。

「有人謠傳，這兩天又會有新的人要爆炸了。」

「是嗎？會不會有一天，這裡所有的人講起話來，全都像是爆炸了一樣，每個人都停不了呢？」

「照這樣下去，應該是會的。」

「那會怎麼樣？」

少年聳聳肩，搖頭表示無法想像。

「要不就是被彼此吵死，要不就是情緒亢奮到發瘋吧。」阿霖笑了笑說。

我跟小茜也跟著笑起來，唯有少年仍掛著冷漠的表情。

「我帶你們去一個地方。」

跟著少年走，我們鑽進一個小巷子。走出這條狹窄的巷子時，以為會是更狹小的地方，沒料到，眼前是一片寬闊的草原。

「真是別有洞天啊！沒想到會是這樣美麗的地方。」我說。

「這裡明明是草原，不是洞穴啊！」阿霖納悶。

「『別有洞天』的意思原本確實是指走進洞裡，發現一片意想不到的新天地。後來，只要是走進某個地方以後，看見了遠遠超出預期的美麗景色，都可以用這句成語來形容。」我說，心裡卻有點不耐煩，覺得阿霖的程度真是太差了。

「原來如此。」阿霖話題一轉，指著前方：「他們在幹什麼？」

草原上有一堆人，彼此不斷謾罵著。

「這些人也是爆炸人士，不幸的是，他們爆炸的話題，並沒有引起媒體注目，無法成為媒體寵兒。所以不知道從什麼時候起，這些人就會聚集在這裡，對彼此咆哮。反正，每個人都需要說話，每個人也需要聽眾。」少年說。

「被冷落的爆炸人士，真慘！想引起別人注意，卻總是失敗。」

「你說這樣的話是什麼意思？引人注意有什麼了不起！」我心中的反感突然升高，覺得阿霖太自以為是了。

「有些人就是條件不夠好啊，那也沒辦法。對吧？」阿霖還在開玩笑。

「不夠好？你覺得我哪裡不夠？我智商不夠嗎？」

我再也忍不住的冒出這樣一句話來，別說阿霖跟小茜被嚇了一跳，連我自己都以為這句話是別人說的。然而，它確實是從我嘴裡冒出來的。

「大牛，你還好吧？你這麼聰明，怎麼會智商不夠。只是身高有點不夠啦，這你自己也知道的。」阿霖繼續開玩笑。

結果，我竟然又像是嘔吐似的，一連串控制不住的話，從嘴裡爭先恐後的吐出來。「身高不夠？你歧視所有的矮子嗎？你看不起長得矮的人嗎？你侮辱了所有不夠高的人！」

我為什麼會說出這種荒謬的言論？我好緊張。可是，我完全無法克制了。小茜跟阿霖已經知道事情不對勁，不敢再多說什麼刺激我的話，然而，一切都來不及了。我開始對著大家激動的咆哮起來。凡是跟「不夠」扯得上關係的，我

都有辦法指責他們的罪過。

少年的嘴角終於在這一刻微微的上揚了。

天啊！

輪到我了。我，爆炸了。

別有洞天

【成語的由來】唐．章碣〈對月〉

殘霞卷盡出東溟，萬古難消一片冰。公子踏開香徑蘚，美人吹滅畫堂燈。瓊輪正輾丹霄去，銀箭休催皓露凝。別有洞天三十六，水晶臺殿冷層層。

【大牛愛解說】「洞天」，本指神仙所居住的名山勝境。後以「別有洞天」形容風景極為秀麗，引人入勝。

【小茜連連看】別有天地、世外桃源

【阿霖反過來】平淡無奇

森羅萬象

森林、騾子和大象？這些木柵動物園就有了！

我完全沒想到少年口中，這兩天即將爆炸的人，竟然就是我。

當我看見少年臉上表情的剎那，我很清楚，這一切必然是跟他有關的。

然而，我已經無法透過嘴巴，正確的表達腦子所想的事情了，因此，根本不能跟阿霖與小茜傳遞我的推論。這個時候，少年藉故說家裡有事，走開了。

我覺得我好像一臺關不掉的收音機，一直不斷的講話，而且是非常亢奮的高分貝，這令我相當的疲憊。

我就這樣講了一整天，心裡覺得很對不起阿霖跟小茜，可是他們並不了解我，他們只是覺得我也爆炸了，一副凶神惡煞的樣子，又毫無理智的將他們冠上各種「罪名」，不停的批評，很惹人討厭。我知道，他們快要忍受不住了。

到了晚上該睡覺的時候，我依然停不住嘴。起初阿霖跟小茜還試著讓自己睡著，但最終仍不敵我的言語爆炸，於是只好放棄睡眠。

阿霖跟小茜以為（事實上我也這麼以為）只要把我留在房間裡，他們去外面散心，或著另外租一間房間就好了，但是，爆炸人士的威力可是不容小覷的。我竟然死命的跟著他們。要是把我隔離起來，或者用抹布把嘴巴塞住，那麼，我就會用更大的音量講話，講到我的喉嚨都快裂開，我還是講個不停。

第二天，狀況還是沒有好轉。

終於，到了下午，阿霖站在依然喋喋不休的我面前，說：「大牛，對不起。我們想了很久，決定不聽你的抱怨只有兩種方法，第一種就是拋棄你。這趟闖關之旅，我跟小茜要先退出遊戲，只留下你一個人在這個非現實的世界。」

別這樣啊！別拋棄我。去找那個少年啊，肯定是他搞的鬼。

「第二種就是動用許願撲克牌的第三個備用願望。不過，我們都知道，第三次許願時，也會帶來副作用。我們不知道那個副作用會是什麼。」

這真是兩難。雖然我的嘴巴仍繼續講著話，但在我的內心，卻是異常的沉默。

「還有第三種選擇。」忽然從我們的背後傳來這樣一句話。

我們轉過頭看，是那少年。

「第三種選擇是什麼？」小茜問。

「成為我的夥伴。」

此時，少年的臉龐開始冒出煙來。他原本俊秀的臉，竟青筋爆出，漸漸扭曲，像是一塊黏土似的變化著。最後，他的臉上竟然輪番浮現出這一路以來，我們遇見過的，所有找過我們麻煩的惡人。

「你到底是誰？」阿霖問。

「不必管我是誰！」少年忿忿的回應。

「為什麼要成為你的夥伴？」小茜問。

「成為我的夥伴，不只能讓你們的好朋友大牛恢復正常，還可以帶領你們幾個人看見這世界更多、更美好、森羅萬象的一切。」

「森林、騾子和大象嗎？這些東西何必跟著你才能看到，木柵動物園就有了！況且我比較喜歡貓熊。」阿霖說。

少年聽了以後，哈哈大笑起來。阿霖真是夠了，真丟臉。

小茜急忙向他解釋：「不是啦！森羅萬象不是那幾個字。森羅萬象指的是天地之間充滿了許多事物跟現象，雖然五花八門，但井然有序的意思。」

「成為我的夥伴，留在這裡，一起陪伴著我。讓我們一起研發更多有趣的任務，好吸引那些在現實生活中，跟你們一樣常抱怨無聊、漫無目標的小朋友們，也踏進這個世界。」

原來，這個世界的一切挑戰，都是眼前這少年設計的嗎？不，他不是個少年，這必然也只是他的外在形體而已。

「那怎麼可以？我們還要回去現實世界的。這不就是我們一路闖關，希望完美完成任務的目的嗎？」阿霖緊張的說。

「何必回去現實世界？留在這裡，我不無聊，而你們也不會再無聊。我們會一起見證各種奇妙的事，見到更多比你們三位更逗趣的人唷！」

「說得我們好像是雜耍團似的。真是！」小茜嘟起嘴。

「你們留在這裡，不會再有什麼困擾你們的任務了。如果選擇回去，卻會有

更多令你們煩惱、痛苦的任務在等著。絕對比這裡還要艱辛的唷！」

少年大手一揮，忽然，眼前出現三片螢幕。螢幕上分別出現我們三個人此刻的樣子。不久，這三個人迅速的長大成我們自己都認不出來的模樣。

「好好欣賞你們的人生預告片吧！」少年冷冷的說。

森羅萬象

【成語的由來】　南朝梁．陶弘景《茅山長沙館碑》

夫萬象森羅，不離兩儀所育；百法紛湊，無越三教之境。

【大牛愛解說】　宇宙間的各種現象繁多而整齊的排列在眼前。形容內容豐富，應有盡有。

【小茜連連看】　包羅萬象、應有盡有

【阿霖反過來】　一無所有、空空如也

葉落歸根

不管流浪到了哪裡，終有一天，還是想回家。

所謂的人生預告片，就像是電影預告片一樣，剪輯出電影裡的精華，告訴觀眾這部片子大概在說些什麼故事。

我們在短短的三分鐘內，看見了自己的一生。除了出生以外，這一輩子的喜怒哀樂，聚散離合，老病傷殘，甚至死亡，都見到了。

「為什麼要給我看這些？我不想預知我的人生。」

小茜閉起眼。其實，預告片已經演完了。

「你們若是回去現實的世界，就得經歷這些。到時候要面臨的任務與挑戰，可不比這裡的遊戲哪。在現實世界裡發生的很多狀況，你們以為能夠克服，其實，最終都會失敗的。」

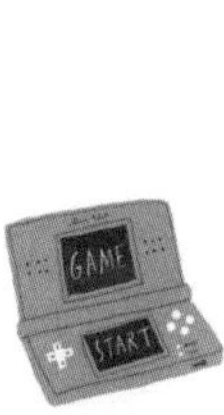

不要再聽這個少年講的話了。他掌握了人性，再聽下去，會被洗腦的。到時候真的就會放棄回到現實世界，被說服跟他留在這裡啊！

況且，他讓我們看的人生預告片，又不一定是真的。別相信他！

「這是一個很棒的選擇。可以避免痛苦的人生，可以過著有趣的生活，同時又能夠拯救你們爆炸了的好朋友哪！」

沉默的阿霖跟小茜，彼此對看一眼，點點頭，彷彿已經被他影響了。

「好。我們答應你。」阿霖說。

喔，不！我在內心吶喊，但嘴裡仍亢奮的抱怨著「不夠」的老話題。

「很好的選擇。」少年冷笑起來。

「那麼請讓大牛恢復正常吧。」阿霖說。

「我會讓他恢復正常的，但不是現在。因為誰知道你們會不會後悔呢？所以，我必須等到你們放棄回到原來的世界，確定留在這裡，並且吸引到新的一批小孩進來時，我才能讓大牛恢復正常。」

「你擔心我們後悔，不過，我們也擔心你會後悔。」小茜說。

「是啊。誰知道到時候，你會不會說謊呢？」阿霖也說。

就在這時候，阿霖忽然掏出他的許願撲克牌來。

「所以，我們其實已經回到了現實世界。」阿霖說。

阿霖用了會帶來副作用的備用願望？

「不可能。許願撲克牌不能用來許回到現實世界的願望。」少年說。

「但是我們確實已經回到現實世界了。」小茜說：「不信的話，請你仔細瞧瞧四周。我們現在所在的位置，是大牛家雜貨店的後門。」

「絕對不可能！」

其實，就連我自己也覺得不可能。然而，奇妙的是，當少年轉身環顧四周時，我們真的回到了現實世界的場景，也就是我家雜貨店的後門。

我們真的回到現實世界了？

「不！怎麼可能！許願撲克牌怎麼可以許下回到現實世界的願望呢？我不要回到現實世界！為什麼你們要把我帶回來！我恨你們！」

少年的臉色變得非常慘白。他淒厲的大喊著，雙手抱住頭，好像非常痛苦

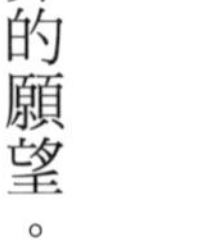

的樣子，整個人開始在地上打滾起來。

幾秒鐘後，他的身體開始化成黑煙。不一會兒，地上只剩下少年的衣服，其餘都消失得無影無蹤。

在黑煙散去之後，我發現自己終於安靜下來，不再滔滔不絕的說話了。

終於，我恢復正常了。

「為什麼我們可以回到現實世界？」我好奇的問。

「我們並沒有真的回到現實世界。」阿霖說。

「那一切只是幻影。阿霖用了備用願望，許下營造出你家的幻影，成功騙過了那個少年，讓他以為是真的。」小茜說。

「我們猜想那個少年很痛恨現實世界，沒想到他真的這麼怕，嚇得落荒而逃，也解除了對你的咒語。」阿霖說。

「他當年也是像我們這樣，誤闖另外一個世界嗎？」我問。

「也許吧。他還選擇了永遠待在那裡，不願意回去呢。」小茜說。

「不知道他現在去了哪裡？」阿霖問。

「不曉得。總之，解開了大牛的咒語就好。」小茜說。

「我忽然在想，如果他真的是這一切的設計者，現在正受到驚嚇，還沒發現自己受騙。那麼有沒有可能，不只是我的咒語被解開，我們還可以從闖關任務中脫身了呢？」我大膽推測。

「當然有可能。」他們的眼睛都亮起來了。

這時候，我忽然聽到屋子裡傳來熟悉的聲音。

「大牛！你跑去哪裡了？快點回來看店，我要去睡個午覺！」

是我老爸的聲音耶！

我們三個人趕緊從後門進了屋子，真的看見了老爸。

「不是撲克牌營造的幻影嗎？」我問。

他們兩個聳聳肩，也無法解釋這一切。

「果然，不管去了多遠的的方，總要葉落歸根的。」我笑起來。

「這是什麼意思？」阿霖問。

「樹高千丈，葉落歸根。意思就是無論長得多高的樹，最後葉子仍會落下

來，落到樹根旁。後來葉落歸根就用來形容，不管去到了哪裡，終有一天，還是要回到自己生長的地方。」

「這句成語我喜歡，我一定會牢牢記住的。」阿霖笑起來。

「不只這句而已吧！這一路上，你可學到不少成語，都得好好記住才行！」小茜說。

阿霖露出他帥氣的招牌笑容，認真的點點頭。

就這樣，我們回到了現實世界。

到底怎麼回來的呢？沒有人知道。就像也沒有人知道，我們是怎麼誤闖進那個電玩似的闖關虛幻世界一樣。

我們三個人重新再去檢查客廳裡，當初那個地下室的入口，可是，翻開椅子下的地毯，卻什麼也沒有。

後來問了我老爸，這棟老房子的地下室該怎麼下去？

「你有毛病啊！住了這麼多年，你不知道這裡沒有地下室嗎？」

老爸這麼回答我。

算了，很多事情都是無法解釋的。

那些無法解釋的事情，永遠只有我們這些小孩懂得。喔，倒也不是所有的小孩，而是像我們三個這樣早熟的小孩。

一年以後，這間我老爸一直堅持下去的雜貨店，終於也宣告結束了。因為老爸終於體認到房子實在過於老舊，不堪使用，決定接受建商提議，改建成大樓。我們除了能獲得高樓層的一戶住宅以外，建商也允諾未來大樓蓋好後，一樓便利商店的加盟經營權，會交給我老爸。也就是說，老爸的雜貨店並不會消失，而會搖身一變，變成乾淨明亮的超商。

不用花什麼錢，就可以有一間新店，又有新房子可住，這說服了我老爸。

老房子拆得精光的那一天下午，我跟阿霖、小茜來到工地。所謂工地，其實就是以前生活的地方。

「真難想像，以前我們在這裡打發過不少無聊的時光呢！」阿霖說。

「是啊。房子拆了，才覺得這塊地真小。」我說。

「不小、不小，它可以通往一個很大的世界呢！」

小茜露出一抹意味深長的笑容。

我和阿霖點點頭，當然知道她指的是什麼。

在離開之前，我們忽然發現工地的一角閃爍著青色的光芒。我們好奇的走到前面，一看，嚇了一跳。

「不會吧？」阿霖冒出話來。

我們下意識的往後退了一步，看著那束光芒。

「這就是使用備用願望的副作用吧。通往那個世界的入口，或許永遠不會從現實生活裡消失？並且，一直引誘我們再進去？」我猜測。

「不會消失……一直引誘著我們嗎？」阿霖問。

「嗯。如果有一天又覺得現實生活很無聊時，會想再進去嗎？」我問。

「不會。」阿霖跟小茜不假思索，異口同聲的回答。

是不會再踏入？還是生活不會再無聊了呢？

小茜跟阿霖沒有說，我也沒有再追問。

神祕入口的青色光芒，就這樣逐漸隱沒在黃昏的餘暉裡。

我們離開工地，三個人並排著往前走。背著夕陽的光芒，明明已經是初冬了，我卻感覺今天的傍晚，特別的溫暖。

葉落歸根

【成語的由來】 宋．釋道原《景德傳燈錄．卷五》

葉落歸根，來時無口。

【大牛愛解說】 樹葉凋謝後，落回根處。比喻事物最後終會返回本源。後亦用以比喻久居異地的人返回家鄉。

【小茜連連看】 飲水思源

【阿霖反過來】 離鄉背井

附錄

成語錄

【決定】

對牛彈琴：為牛彈琴，但牛依然低頭吃草，聽而不聞。比喻講話、做事不看對象。後來也用來比喻對不懂道理的人講道理。

如魚得水：比喻得到和自己意氣相投的人或很適合的環境，能夠發揮所長，就像是魚在水中優游一般自在。

一瀉千里：形容水奔流直下，順暢且快速。後來引申比喻行文流暢或口才便給，很有氣勢，毫無阻礙。或比喻快速下降且持續不斷。

一言九鼎：比喻一個人說話很有分量或很有信用。

【獲得】

十拿九穩：比喻對於某件事很有把握，絕對不會出錯。

退避三舍：比喻遇到實力很強的對手而主動讓步，保持相當的距離，以求安全。

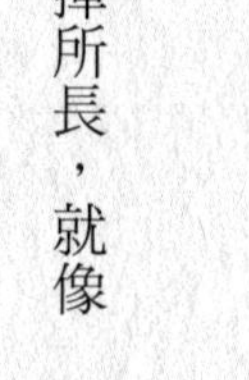

立竿見影：把竹竿豎立在陽光下，馬上見到它的倒影。比喻做事迅速收到成效。

借花獻佛：借用別人的花來供養佛。比喻借用他人的東西來作人情。

青面獠牙：臉色青綠，長牙外露。形容面貌非常凶惡可怕的人。

沉魚落雁：形容女子的美貌，連魚和鳥都為之傾倒。

器宇軒昂：「器宇」，指人的胸襟和氣度；「軒昂」，形容意態不凡。「器宇軒昂」形容一個人神采飛揚，氣度不凡。

萬人空巷：形容歡迎某人或舉行慶典時擁擠、熱鬧的盛況。

【團結】

門可羅雀：形容做官的人失勢後門庭冷落、賓客稀少的景況。後來又泛指一般訪客稀少、門庭冷清的窘態。

眾志成城：眾人同心，力量堅固如城。比喻團結一致，同心協力。

掩耳盜鈴：比喻想要瞞騙他人，結果卻只是欺騙自己而已。

赴湯蹈火：比喻為了達成目標而奮不顧身，不怕任何艱難和危險。
烏合之眾：比喻暫時湊合，無組織、無紀律，毫無計劃、臨時組合的一群人。
以卵擊石：拿雞蛋去碰石頭。比喻自不量力或以弱攻強，結果必然失敗。
望梅止渴：望著梅子，以達到解渴的目的。比喻得不到東西，只好以空想來安慰自己。

【失去】

鷸蚌相爭：比喻雙方爭執不相讓，必會造成兩敗俱傷，反讓第三人獲得利益。
忠言逆耳：實話或勸戒因為不經過詞藻的包裝和修飾，聽起來總是特別刺耳，不容易被接受。
肝膽相照：比喻誠心誠意互相對待，彼此講求義氣，是真正的好朋友。
攀龍附鳳：比喻巴結權貴、倚仗有聲望的人，以提升自己的階級、權勢。
門戶之見：比喻對事情有先入為主的觀念，並對出身於不同背景、派別的人，帶

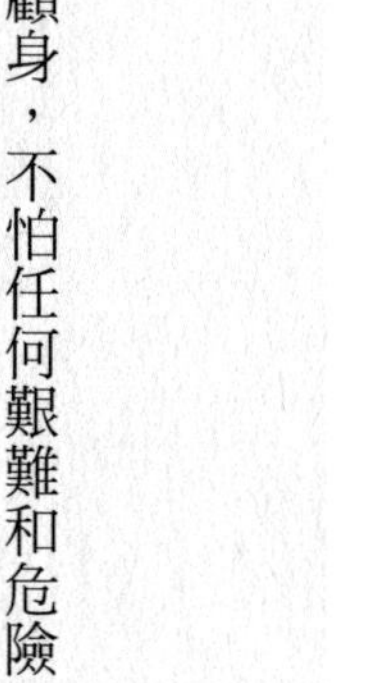

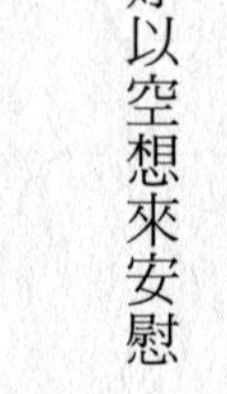

有偏見，不輕易接受。

彈丸之地：像彈丸一樣大小的地方。比喻面積非常狹小。

【選擇】

道聽塗說：在路上聽到一些沒有根據的話，不加求證又在路途中說給其他人聽。泛指沒有經過證實、缺乏根據的話。

棄暗投明：拋棄黑暗，投向光明。比喻在人生的道路上認清是非，選擇正道，放棄邪途。

別有洞天：形容風景極為秀麗，引人入勝。

森羅萬象：形容內容豐富，應有盡有。

葉落歸根：樹葉凋謝後，落回根處。比喻事物最後終會返回本源；也用來比喻久居異地的人返回家鄉。

張曼娟學堂系列 010

張曼娟成語學堂II
完美特務

策　　劃｜張曼娟
作　　者｜張維中
策劃協力｜吳信樺
繪　　者｜九子

責任編輯｜李幼婷
特約編輯｜蔡珮瑤
視覺設計｜霧室
行銷企劃｜陳雅婷

發行人｜殷允芃
創辦人兼執行長｜何琦瑜
副總經理｜林彥傑
總監｜林欣靜
版權專員｜何晨瑋、黃微真

出版者｜親子天下股份有限公司
地址｜臺北市 104 建國北路一段 96 號 4 樓
電話｜（02）2509-2800　傳真｜（02）2509-2462
網址｜ www.parenting.com.tw
讀者服務專線｜（02）2662-0332 週一～週五：09:00~17:30
讀者服務傳真｜（02）2662-6048
客服信箱｜ bill@cw.com.tw
法律顧問｜台英國際商務法律事務所 ・ 羅明通律師
製版印刷｜中原造像股份有限公司
總經銷｜大和圖書有限公司 電話：（02）8990-2588

出版日期｜ 2017 年 7 月第一版第一次印行
2021 年 4 月第一版第八次印行
定　　價｜ 320 元
書　　號｜ BKKNA010P
I S B N ｜ 978-986-94737-4-3（平裝）

訂購服務
親子天下 Shopping ｜ shopping.parenting.com.tw
海外 ・ 大量訂購｜ parenting@cw.com.tw
書香花園｜臺北市建國北路二段 6 巷 11 號　電話（02）2506-1635
劃撥帳號｜ 50331356 親子天下股份有限公司

國家圖書館出版品預行編目 (CIP) 資料

完美特務 / 張維中撰寫 ; 九子繪圖. -- 第一版.
-- 臺北市 : 親子天下, 2017.07
208面 ; 17×22公分. -- (張曼娟成語學堂 II ; 2)
(張曼娟學堂系列 ; 10)
ISBN 978-986-94737-4-3(平裝)
859.6　　106007539